Mme VICTOR MEUNIER

LES RUINES
DU
VIEUX MANOIR

LES

RUINES DU VIEUX MANOIR

SIXIÈME SÉRIE (*Ancienne quatrième*). — Format gr. in-8°.

POITIERS. — TYPOGRAPHIE OUDIN ET Cie.

Julien attaqua vigoureusement le sol.

NOUVELLE BIBLIOTHÈQUE ILLUSTRÉE DE VULGARISATION

LES RUINES DU VIEUX MANOIR

PAR

Mme VICTOR MEUNIER

ILLUSTRATIONS DE RENÉ MEUNIER

PARIS
LECÈNE, OUDIN ET Cie, ÉDITEURS
15, RUE DE CLUNY, 15

1895

LES

RUINES DU VIEUX MANOIR

I

L'INVITATION.

Cinq heures sonnaient, et les enfants sortaient en foule de l'école située à l'extrémité du village ; plus joyeux et plus bruyants encore que de coutume, car le lendemain était jour de congé extraordinaire, et comme on traversait les jours les plus longs de l'année et que le temps était magnifique, il y avait des projets à arrêter. Parmi tous ces gamins, deux gentils garçons de treize à quatorze ans s'écartèrent de la troupe bavarde d'une manière qui prouvait que leurs projets à eux, quels qu'ils fussent, ne regardaient qu'eux seuls.

— Hein ! Louis, dit l'un. Nous pourrons faire demain notre grande course, que la pluie a empêchée l'autre fois.

— Je ne demande pas mieux, répondit l'autre. Nous irons par la gorge de Rochebrune jusque de l'autre côté de la montagne et, une fois là, nous serons bientôt rendus à la ferme de mon oncle Bernard. On ne nous y attend pas, mais je te promets que nous serons bien reçus. Il est si bon et si gai, mon oncle ! Et mes grands cousins ! Tu ne les connais pas encore, mais tu les aimeras bien, va ! Quant à ma tante, je crois que ce serait une joie pour elle, au lieu d'un tracas, si vingt convives à la fois lui arrivaient à l'improviste. Nous nous amuserons, tu verras ! Il n'y a qu'une chose qui me chagrine.

— Quoi donc ?

— C'est que nous serons forcés de partir bien tard, mon père ayant besoin de moi jusqu'à neuf ou dix heures.

— C'est dommage ; nous nous serions mis en route dès six heures. Mais n'importe, nous aurons le temps. Moi, d'abord, j'ai la permission pour toute la journée...

— Et, du reste, comme ta mère saura où tu vas, elle ne sera pas inquiète. Et puis, je parierais, Julien, un panier de pommes, que mon cousin François nous ramènera dans sa carriole.

— Fameux ! ce sera la journée complète.

— A demain donc. Tu viendras me prendre, n'est-ce pas ? C'est ton chemin.

— A neuf heures, c'est dit.

Ils se donnèrent une bonne tape dans la main, comme pour sceller leur engagement, puis Louis partit en courant, car il avait un assez long bout de chemin à faire pour arriver chez son père qui était charpentier. Julien, de son côté, se dirigea vers le milieu du village, où son père à lui tenait une belle auberge à l'enseigne du *Lion-d'Or*.

A peine était-il entré dans la rue, que suivaient également un bon nombre de ses camarades, qu'il aperçut, monté sur un charmant poney, et venant à sa rencontre, le jeune Raoul d'Ervilly, fils unique du baron d'Ervilly, propriétaire du château de la Mézeraie et des prés et bois environnants, y compris les ruines d'un vieux manoir, orgueil et curiosité du pays.

Raoul, suivi à quelque distance par son domestique, cheminait au pas, jetant des regards ennuyés, qui paraissaient dédaigneux, sur les petits garçons qui, en passant, admiraient, bouche bée, sa jolie monture, et, sans doute, le trouvaient bien heureux de se promener ainsi. Oh ! franchement, ils n'avaient pas à lui porter envie. Ces écoliers frais et roses, qui travaillaient et jouaient en commun, étaient plus heureux que le petit monsieur qui étudiait seul avec son précepteur, et s'ennuyait bien souvent dans sa distinction. Unique héritier d'un beau nom, d'une grande fortune, élevé avec un soin extrême, Raoul n'avait aucun rapport avec les jeunes garçons du village, sauf avec Julien, dont le père avait eu autrefois l'occasion de rendre un service important au baron. Grâce à cette exception, Julien, qui était du reste un garçon fort bien élevé, se voyait de temps en temps admis à partager les récréations de Raoul.

— Bonjour, Julien, dit celui-ci ; je suis content de t'avoir rencontré. Je voulais te prier de venir me voir demain. Je ne sais pas trop ce que nous ferons pour nous amuser, mais tu n'ignores pas que les ressources ne manquent point au château. Dans tous les cas, nous avons le bateau sur le lac et nous pourrons pêcher. Je puis compter sur toi, n'est-ce pas ? Tu viendras vers dix heures.

Plusieurs enfants s'étaient arrêtés pour écouter le colloque et admirer plus à leur aise le poney avec sa longue queue, ainsi que le costume élégant et surtout les bottes du cavalier. Est-ce pour cette raison, était-ce parce qu'il se sentait fier d'être ainsi distingué parmi ses camarades, que Julien hésita avant de répondre ? Comment le pouvait-il, après l'engagement pris, il n'y avait qu'un instant, avec son ami Louis ? Mais le fait est qu'il hésita ; puis, voyant Raoul faire un petit mouvement d'impatience, il se hâta de dire... quoi ? Vous ne le devineriez pas.

— Oui, M. Raoul, ce sera avec plaisir.

— A la bonne heure. A demain donc.

Et sifflant son chien, un beau lévrier qui gambadait autour de lui, le jeune châtelain mit son poney au trot et s'éloigna.

— Est-il heureux, ce Julien ! murmuraient quelques petits garçons. Ce doit être fièrement beau au château !

Julien, cependant, se coucha ce soir-là le cœur plus lourd qu'on ne devrait l'avoir la veille d'un jour de fête, quand le temps est au beau fixe et qu'aucune pensée importune de leçons ou de devoirs arriérés ne vous empêchera de courir à votre aise. Le lendemain, le soleil se leva pur et radieux, et en voyant cette promesse d'une magnifique journée, la première pensée de Julien fut un regret.

— Ce pauvre Louis ! J'ai eu tort ; nous nous serions tant amusés !

Mais aussitôt, ses regards tombèrent sur les habits de fête que sa mère, contente de ce qu'elle appelait l'honneur fait à son fils, s'était empressée d'apprêter. La bonne femme n'était pas sans ambition, et Julien l'avait entendue dire à son père dans la soirée :

— Voilà que M. Raoul a encore invité Julien. C'est le seul garçon du pays qu'on reçoive ainsi au château. Cela

Julien hésita un moment avant de répondre.

pourrait bien promettre quelque chose pour l'avenir ; qu'en dis-tu ?

Ce à quoi le père avait répondu :

— Ne lui mets pas ces idées-là dans la tête, ma femme. Il vaut mieux qu'il fasse son chemin en travaillant.

Mais Julien penchait plutôt vers l'opinion de sa mère, et ce fut avec un singulier mélange de regret, de satisfaction, de honte et d'orgueil, que, sa toilette faite, il alla prévenir Louis qu'il fallait renoncer à leur expédition.

Arrivé chez le charpentier, il eut quelques minutes à attendre avant de voir venir son ami, amenant un cheval que son père l'avait envoyé emprunter pour un travail exceptionnel. A l'aspect de la veste de velours anglais, du pantalon gris-clair sans tache et du chapeau des grands jours posé sur une chevelure soigneusement lustrée, Louis poussa une exclamation de surprise.

— Quelle idée as-tu eue ? commença-t-il.

— Mon cher Louis, balbutia Julien, je suis très fâché... Je suis forcé d'aller au château aujourd'hui.

— Forcé d'aller au château ! Pourquoi ? Comment ? Et notre promenade ?

— C'est que... Raoul m'a invité...

— Et tu t'es cru obligé d'accepter, parce que c'est le garçon du château ! dit Louis, avec autant de mépris que d'indignation.

Julien se sentait dans son tort, et ne sachant quoi dire, il murmura quelques phrases à peu près inintelligibles sur les obligations que sa famille avait envers M. le baron, l'impossibilité où il était de refuser, etc., et finit par prier son ami de lui pardonner son manque de parole.

— Non, je ne te pardonne pas ! dit Louis. Puisque tu

préfères la société de ce mirliflor de Raoul à la mienne, va-t'en au château, et grand bien te fasse ! Dès que ton amitié n'est pas plus solide que ça, je saurai m'en passer ; il vaut mieux être seul que d'avoir un camarade tel que toi.

Et il tourna brusquement le dos, en sifflant au cheval pour se donner un air d'insouciance. Mais Louis était plein de cœur, et quoique l'inconstance de Julien l'eût mis très en colère, elle l'avait encore plus affligé. Julien était son ami le plus cher, et il n'eût pas eu de plaisir à faire avec un autre l'excursion projetée ; aussi, lorsqu'il vit que Julien était déjà loin, s'effraya-t-il de la tristesse de cette journée qui avait promis d'être si gaie ; et, quand la tâche imposée par son père fut achevée et que celui-ci lui eut rendu sa liberté pour la journée entière, ce fut à pas errants qu'il s'éloigna de la maison. Louis était naturellement un gai et courageux garçon, plein de ressources contre l'ennui et nullement porté à envier le bonheur du prochain ; mais ce jour-là aucune de ses distractions ordinaires ne lui offrait plus le moindre attrait ; il marcha au hasard, songeant seulement à éviter les endroits où il eût probablement rencontré de ses camarades d'école, et arriva enfin sur les bords d'une petite rivière.

II

LA VISITE AU CHATEAU.

Pendant ce temps, Julien avait pris le chemin du château, situé à une demi-lieue environ du village. A mesure qu'il s'en approchait, il songeait de moins en moins au chagrin causé à son ami, pour ne penser qu'au plaisir qu'il allait goûter et aux belles choses qu'il allait voir : Raoul possédait tant de jouets, tant de beaux livres; le parc et les jardins offraient tant de moyens de passer agréablement le temps ! Il lui semblait que toutes les personnes qui le voyaient passer savaient où il se rendait et l'estimaient en conséquence ; et il regretta que le hasard ne lui fît rencontrer aucun de ses camarades.

Le temps était charmant, la campagne avait un air de fête. Les oiseaux gazouillaient dans tous les buissons ; le petit ruisseau dont, pendant quelque temps, Julien eut à suivre le cours, semblait rire et babiller dans les longues herbes et autour des gros cailloux, et le doux vent du sud-est, qui faisait si joyeusement bruire le feuillage des peupliers, racontait toutes sortes de choses ravissantes sur les pays enchantés par où il avait passé. Mais je ne vous dirai pas que Julien entendit ces jolis récits, ni compris le moins du monde toutes ces douces voix de la nature l'accueillant à son passage, car malheureusement pour lui il n'était préoccupé que de soi, de ses habits du dimanche et de l'accueil qui l'attendait au château.

Il y arrivait enfin. Presque au moment de franchir la grille du parc, il fut accosté par une vieille femme, enveloppée d'un manteau rouge en haillons, qui d'une voix chevrotante lui demanda l'aumône.

— Pas de monnaie, ma bonne femme, répondit-il, passant rapidement devant elle, tandis qu'il glissait instinctivement sa main dans sa poche où s'arrondissait un porte-monnaie assez bien garni.

La mendiante le suivit des yeux en marmottant quelques paroles, au milieu desquelles on eût pu saisir celles-ci :

— Insolent morveux! Si je te tenais!...

Mais Julien, sans plus y penser, suivit la belle allée sablée serpentant à travers le parc. En arrivant près de la maison, il aperçut son noble ami sur la terrasse qui longeait la façade du château et d'où l'on descendait, par un large perron, dans un admirable parterre.

Mais voyez les caprices du sort, ou plutôt ceux des enfants gâtés : Raoul ne courut point avec empressement au-devant de celui dont la veille il avait sollicité la visite ; au contraire, il le reçut avec une politesse froide et gênée. Ce changement s'expliquait facilement : Raoul n'était plus seul ; une heure auparavant il avait eu le plaisir inattendu de voir arriver deux de ses cousins qui venaient, avec leur mère, passer quelques jours au château.

Donc, notre pauvre Julien était complètement inutile, et si Raoul, sans trop d'impolitesse, avait pu le congédier immédiatement, il n'eût pas manqué de le faire. Mais, l'ayant invité, il était tenu de le recevoir convenablement. Il le présenta donc à ses cousins, Léonce et Gontran de Saint-Mérian, deux grands, blonds et minces, qui ne parurent que médiocrement enchantés de faire sa connaissance. Julien fut un peu déconcerté de cette réception dépourvue de cordialité, mais presque aussitôt l'on vint annoncer le déjeuner, et Raoul emmena ses convives dans la salle à manger, où se trouvaient réunis Monsieur et Madame d'Ervilly et plusieurs personnes, en visite au château.

Si Julien se sentait honoré d'être en pareille société, il fut intimidé au point de n'y éprouver que fort peu de plaisir et fit gaucherie sur gaucherie, quoique Madame la baronne, qui était bonne et douce, ne négligeât rien pour le mettre à son aise. Le repas fut donc médiocre pour lui, malgré les friandises qui couvraient la table, et plusieurs fois la pensée lui vint qu'il se serait bien plus amusé avec Louis, à la ferme de l'oncle Bernard.

Ce fut un soulagement lorsqu'on se leva de table et que les quatre garçons sortirent dans le parc ; mais là, malgré toutes les choses charmantes et nouvelles qui se présentaient de tous côtés, les jeux de toutes sortes, la gymnastique, la superbe balançoire, la voiture mécanique, les trois heures suivantes s'écoulèrent lourdement pour notre petit campagnard. Raoul, d'une nature indolente, d'une santé peu vigoureuse, était blasé sur ces amusements dont il pouvait user tous les jours, et se souciait peu d'en faire jouir ses camarades ; Gontran n'y trouvait du plaisir qu'à condition de taquiner continuellement les autres, et Léonce, outre qu'il était beaucoup plus âgé, avait le grave défaut de parler presque toujours sur un ton impérieux et cassant tout à fait désagréable. Tous trois causèrent beaucoup de leurs chevaux, de leurs chiens, de leurs domestiques ; de projets de voyages et de parties de chasse pour les vacances ; sans en avoir l'intention, ils firent étalage de leurs richesses, et Julien, qui avait commencé par faire quelques efforts pour se rendre agréable, se vit bientôt réduit au rôle d'écouteur, sans avoir même la satisfaction de donner quelquefois la réplique.

Et le beau jour de congé s'écoulait, s'écoulait.

Nos jeunes messieurs, après avoir fait languissamment une partie de paume, s'exercèrent pendant une demi-heure au tir, puis firent, dans une jolie petite barque, le tour d'un magnifique étang. Oh! combien Julien aurait eu de plaisir à y naviguer en compagnie de Louis! Mais Raoul et ses cousins en eurent bientôt assez. Ils laissèrent là la barque, traversèrent le parc en causant de choses et d'autres, et, arrivés à une petite porte, l'ouvrirent, et se trouvèrent dans un bois.

C'est au milieu de ce bois que s'élevaient les ruines du vieux manoir, qui méritaient bien d'être visitées, non pas qu'elles fussent consacrées par quelque souvenir historique ou même par une légende intéressante, mais tout simplement à cause de leur aspect pittoresque. Nos promeneurs se dirigeaient de ce côté, lorsque leur attention fut attirée un instant par un lièvre qui sortit d'un fourré presque à leurs pieds et s'enfuit en traversant le chemin. Julien, par un mouvement instinctif, s'élança à sa poursuite, mais vainement.

— Ne vas-tu pas faire le braconnier? lui dit Raoul en riant.

— Il doit y avoir beaucoup de gibier dans ces bois, observa Gontran,

— Oh! je te l'assure; la chasse n'y est pas fatigante, répondit Raoul. Papa m'a donné un superbe fusil, et il me tarde que la saison soit venue de m'en servir; mais, voyez-vous, il y a des gens qui n'attendent pas la saison, et regardent comme tout à fait superflu de se munir d'un permis de chasse.

— Vous avez des braconniers?

— Je le crois bien! Il y a quatre ou cinq jours, notre garde-chasse en surprit un qui venait s'emparer d'un lièvre pris au piège.

— Et l'a-t-il arrêté?

— Non, cet homme, qui doit être très fort, renversa le garde par un mouvement si brusque et avec tant de violence, que le pauvre Michel en demeura tout étourdi pendant plusieurs minutes et en est resté contusionné. Quand il put se relever, le gredin avait disparu.

— Et Michel ne l'a pas reconnu?

— Si fait, quoiqu'il fît à peine jour; c'est un certain Guillaume, ouvrier cordonnier à Monville.

— Un savetier qui se fait chasseur, voilà une idée! dit Léonce. Eh bien, pourquoi ne l'a-t-on pas fait arrêter chez lui?

— On ne l'y a point trouvé. Personne ne sait ce qu'il est devenu... Les gendarmes...

— Monsieur Raoul! cria une voix essoufflée qui leur fit à tous tourner la tête. Ils virent un petit domestique qui arrivait en courant.

— Eh bien, Pierre, qu'y a-t-il? demanda Raoul avec impatience. Je suppose qu'on ne veut pas nous défendre de nous promener en dehors du parc. C'est que maman en est capable. Elle a même exigé de moi la promesse formelle de ne jamais aller seul dans les ruines, tant elle a peur que je ne m'y casse le cou ou que je n'y fasse quelque mauvaise rencontre.

— Non, monsieur Raoul, ce n'est pas de cela qu'il s'agit, dit Pierre toujours haletant. M. le baron m'a envoyé vous dire que M. de Mérian et lui vont partir pour une promenade à cheval, et il a fait seller le vôtre, et deux pour messieurs vos cousins, pensant que vous aimerez tous à les accompagner.

— Ah ! certainement, s'écria Gontran. C'est aussi ton avis, Léonce, j'en suis sûr.

— Mais oui, c'est ce que nous avons de mieux à faire, dit Raoul en tirant sa montre. Il n'est que trois heures et demie ; nous aurons le temps de faire une bonne promenade. Mon cher Julien, voici notre après-midi coupée un peu court, mais tu m'excuseras, j'en suis sûr. Nous nous reverrons un autre jour.

En ce moment des pas de chevaux se firent entendre, et au tournant de l'allée, parurent M. d'Ervilly et ses invités, à cheval et suivis de deux grooms conduisant de charmants poneys. Le pauvre Julien trouvait dans son cœur que ses compagnons manquaient d'égards envers lui, mais qu'y faire et que dire ? Il ne put qu'accepter la poignée de mains de Raoul, se tenir sur le bord du chemin pour le voir partir avec ses amis, et les suivre des yeux, dans un amer sentiment d'envie et de tristesse, jusqu'à ce qu'ils eussent disparu au milieu des arbres.

— Oh ! qu'ils sont heureux ! soupira-t-il. Que je voudrais être riche !

Puis il se détourna, et s'éloignait lentement, lorsqu'un rire moqueur frappa son oreille ; il vit à quelques pas la vieille mendiante qui, le matin, lui avait demandé l'aumône.

— Eh ! oui, mon petit Monsieur, dit-elle, répondant aux

paroles que, sans le savoir, il avait dites tout haut ; c'est ennuyeux de rester à pied quand les autres vont à cheval. Oh ! oui, c'est heureux d'être riche ! Je l'ai pensé bien sou-

Cette baguette, je ne m'en séparerais pas pour trois mille francs.

vent en voyant passer de belles dames qui étalaient leur velours et leur satin sans seulement daigner faire attention à moi. Mais c'est égal ; je ne suis pas si misérable que j'en ai l'air, et au moins j'ai là certaine baguette dont vos belles dames et vos beaux messieurs ne feraient pas fi.

Elle tira de dessous son manteau rouge ce qui parut à Julien n'être qu'une simple baguette de coudrier.

— Ça n'a l'air de rien, n'est-ce pas? reprit la mendiante en ricanant de nouveau. Vous croyez pouvoir cueillir la pareille au premier noisetier venu ? Eh bien, je ne m'en séparerais pas pour trois mille francs.

Julien s'approcha avec curiosité pour examiner de plus près cette précieuse baguette. La vieille fit un geste comme pour l'empêcher de s'en emparer.

— Non pas, non pas, mon jeune maître. Je ne sais seulement pas pourquoi je vous en parle, à vous qui m'avez refusé une légère aumône.

Elle refourra la baguette sous son manteau et fit mine de s'éloigner, en marmottant :

— Viens, ma bonne baguette ; nous irons trouver quelque brave garçon à qui nous dirons nos secrets.

— Mais qu'est-ce que c'est que cette baguette? demanda le crédule Julien, sur qui les paroles mystérieuses de la vieille femme avaient fait une vive impression. Tenez, je vous demande pardon de vous avoir refusé tantôt ; c'est que j'étais très pressé.

Et il lui offrit une pièce de dix centimes.

Elle tendit sa main ratatinée et accepta sans façon, mais en disant dédaigneusement :

— Qu'est-ce que deux sous pour un secret qui vaut de l'or ?

— Que voulez-vous dire? demanda Julien. Si vous avez un secret qui vaille si cher, vous n'avez pas besoin de demander l'aumône.

— Hum ! ça dépend. Mais voyons, mon bijou, votre

figure me revient ; — et vous avez bonne envie d'être riche, pas vrai ?

— Oh ! pour ça, oui !

— Eh bien, nous pourrons nous entendre, et si vous promettez de ne le dire à qui que ce soit, je vous ferai connaître le secret de la baguette. Mais vous ne répéterez à personne ce que je vais vous dire. Promettez-le.

— Je promets, dit le curieux sans hésiter.

— Ecoutez-moi donc. Hier soir, comme je traversais les ruines du manoir, cette baguette m'a révélé l'endroit où un trésor y est caché.

— Un trésor !

— Comme je passais devant une voûte, elle s'est mise tout à coup à tourner dans ma main, puis m'a montré, comme du doigt, le fond de la voûte. Je suis entrée, et alors la baguette s'est inclinée, et m'a indiqué par terre, juste la place où il faut creuser. Oh ! il n'y a pas à en douter, il y a de l'or, beaucoup d'or enterré là.

Julien se rappela avoir entendu parler de la baguette divinatoire, au moyen de laquelle certaines personnes prétendaient découvrir des sources et même des trésors cachés ; ce que disait la mendiante ne lui sembla donc pas invraisemblable. Seulement une pensée le frappa.

— Puisque vous savez où est le trésor, dit-il, pourquoi ne l'avez-vous pas pris ?

— Ah ! si je l'avais pu ! mais il faut des bras plus jeunes et plus forts que les miens pour creuser la terre. Et puis, continua-t-elle d'un ton patelin, je suis seule au monde, je n'ai point d'enfant pour hériter de moi et il faut peu de chose pour le temps qu'il me reste encore à vivre. Je suis bien plus contente de faire part de ma trouvaille à un beau garçon comme vous, qui fera un bon usage de ses richesses et se souviendra de moi dans ses prières.

Julien, touché de la générosité de la vieille, se promit, pour ne pas être en reste avec elle, de lui offrir une bonne petite part de la fortune dont il se voyait déjà possesseur, et l'affaire fut bientôt conclue.

— Eh bien, ce soir, à huit heures, vous me trouverez là-bas, sous la voûte. Soyez exact, et vous aurez, je vous le promets, de quoi acheter chevaux et voiture.

Là-dessus, d'un pas plus léger et plus rapide que ne le comportait son âge apparent, la vieille femme s'éloigna dans la direction des ruines, tandis que Julien, tout pensif, prit le chemin qui conduisait au village.

III

FLEUR-QUI-RIT.

Lorsque nous avons quitté l'autre de mes héros, Louis, il arrivait, n'est-ce pas ? sur les bords d'une petite rivière. C'était un charmant ruisseau bordé de saules et de peupliers, mais ce jour-là, ses rives paraissaient désertes ; on n'y voyait même pas un solitaire pêcheur à la ligne.

Cependant, en s'approchant, Louis fut supris d'entendre une voix claire et douce qui chantait un vieux refrain, et bientôt il aperçut un petite fille cachée jusque-là par le gros tronc d'un saule. Quoique âgée tout au plus de onze ans, elle était occupée à laver du linge et paraissait apporter à sa besogne autant de soins et d'adresse qu'une grande personne. A l'approche de Louis, elle leva la tête, et il la reconnut à l'instant.

— C'est toi, Fleur-qui-rit ! dit-il joyeusement, car, malgré sa détermination de rechercher la solitude et de se livrer à la tristesse, il ressentit, à la vue inattendue de la petite lavandière, quelque chose qui ressemblait à ce qu'éprouverait, à la rencontre d'un compatriote, un voyageur perdu dans un pays désert.

Du reste, Louis, plongé qu'il était dans des pensées tant soit peu mélancoliques et maussades, ne pouvait faire une meilleure rencontre. Si la jolie petite fille qui lui disait bonjour en souriant avait reçu des enfants du village le sobriquet de Fleur-qui-rit, cela venait de ce qu'elle était si gentille, si fraîche, si rose, si rieuse, qu'elle exhalait comme un parfum de contentement et de bonne humeur. On ne la voyait que rarement au village, dont sa demeure était assez éloignée ; elle vivait seule avec son vieux grand-père dans une pauvre petite cabane située sur la lisière de ce bois où nous sommes entrés déjà, au milieu duquel se trouvaient les ruines du manoir, et sa vie était trop occupée pour qu'elle pût jamais se mêler aux jeux des enfants du pays ; mais quand elle apparaissait, chacun l'accueillait avec plaisir, et il était rare qu'elle ne signalât pas son passage par quelques bienfaits, selon ses moyens, un acte de complaisance, de bonté, un service rendu. Le vieillard, fort respecté dans tout le pays, jouissait d'une très médiocre pension qui leur suffisait, et la petite faisait l'admiration des femmes du village par l'activité et la prudence avec lesquelles elle s'acquittait des soins de l'humble ménage.

— Bonjour, Louis, dit-elle. Tu fais donc une promenade tout seul ?

Louis soupira. Oui, je suis seul aujourd'hui, et je m'ennuie bien.

— Oh ! je te plains ! Mais pourquoi t'ennuyer? Il doit y avoir tant de choses à faire chez toi ! C'est si gai, si animé ! je suis bien sûre que je ne m'y ennuierais jamais.

— Oui, c'est vrai ; mais c'est aujourd'hui congé, et je devais aller faire une grande promenade avec un camarade qui m'a manqué de parole. Alors je suis sorti seul, et je ne sais vraiment où aller, ni quoi faire.

Il s'assit sur le bord de l'eau, et tout en soulevant de petites vagues à l'aide d'une baguette de saule qu'il avait

A l'approche de Louis, elle leva la tête.

cueillie, il suivait des yeux tous les mouvements de la petite fille qui achevait sa besogne en rinçant et en tordant les dernières pièces de linge.

— Comme tu travailles bien, Fleur-qui-rit! dit-il enfin.

— Je ne m'appelle pas Fleur-qui-rit, dit-elle en riant. Mon nom est Jeanne.

— Alors je t'appellerai Jeanne, et tu veux bien, n'est-ce pas, que nous soyons amis?

— Oui, je le veux bien, car je crois que tu es bon comme ta mère. Tu ne sais pas, l'autre soir, quand je passai devant chez vous, ta mère, qui travaillait à la fenêtre ouverte, m'a appelée. Elle m'a parlé si doucement que j'en avais le cœur tout joyeux, et elle m'a donné une belle galette qu'elle venait de tirer du four, et six œufs frais. Oh ! que grand-père et moi nous avons bien soupé ce soir-là !

— Je vous apporterai encore des œufs, dit Louis, et des fruits de notre jardin. Mais voilà que tu as fini. Ne voudrais-tu pas venir faire une petite promenade avec moi ? Je sais un endroit dans le bois où il y a des quantités de fraises qui doivent être mûres.

— Je n'ai pas le temps. Il faut que je me dépêche de rentrer, car j'ai bien des choses à faire.

— Tu n'as pas le temps de te reposer, et de causer un peu ?

— Pas une minute. Vois comme le soleil est haut. Grand-père va avoir besoin de son dîner. Bonne promenade donc et merci.

Elle ramassa son paquet de linge, son savon et son battoir, et fit un gentil signe d'adieu.

Louis la vit s'éloigner avec regret, et à peine eut-elle franchi la passerelle jetée sur la rivière, qu'il la rejoignit.

— Jeanne, tu veux bien au moins que j'aille de ton côté ? Laisse-moi t'aider ; donne-moi ton paquet.

— Oh ! mais non, dit la petite fille en riant. Il est tout mouillé.

— Qu'est-ce que cela fait? Je saurai le tenir adroitement. Et il s'en empara.

— Ecoute ; je vais le rouler dans mon tablier, et tu pourras le porter sans crainte.

Les deux enfants cheminèrent côte à côte en jasant, et arrivèrent bientôt à la chaumière. Le vieux grand-père était occupé à élaguer la vigne qui encadrait sa porte et l'unique fenêtre. Sa petite fille courut l'embrasser et lui présenta Louis qu'il ne connaissait pas, car depuis deux ou trois ans qu'il était venu demeurer là, c'est à peine s'il était allé deux ou trois fois au village.

Mais il accueillit avec beaucoup de cordialité le petit garçon et lui parla de son père et de sa mère. En entrant dans la chaumière, Louis fut frappé de l'ordre et de la propreté qui régnaient. Jeanne, après avoir déposé le paquet de linge sur un escabeau placé dans un coin, s'occupa avec activité des préparatifs du dîner.

— Je t'en prie, dit Louis, dis-moi ce que je peux faire pour t'aider.

— Eh bien, si tu as réellement envie d'être utile, j'accepterai de bon cœur, car, moi, je suis pressée aujourd'hui. Prends dans les fagots qui sont là-bas de quoi allumer le feu, et alors, pendant que la soupe cuira, tu pourras cueillir et éplucher la salade ; moi, de mon côté, j'étendrai le linge.

Elle accepta ainsi sans façon les offres de service de son ami, et lui, se voyant si franchement accueilli, oublia tout à fait sa tristesse et son ennui, et s'acquitta si bien et d'une façon si aimable des fonctions dont il était chargé, que le bon vieillard aussi bien que la petite fille en fut charmé et qu'il invita Louis à prendre sa part de leur repas. Une douce intimité ne tarda pas à s'établir et Louis se félicita de tout son cœur de la rencontre qu'il avait faite.

Cependant, à la fin du dîner, il remarqua une chose qui excita sa curiosité. Jeanne, qui avait eu soin de laisser une portion de la soupe sur les cendres chaudes, la versa dans un petit poêlon qu'elle couvrit soigneusement ; puis elle mit dans un panier une épaisse tranche de pain, un morceau de fromage et une bouteille où elle venait de verser du vin. S'approchant alors de son grand-père, qui était assis près de la table, dans un vieux fauteuil de paille, elle échangea avec lui quelques paroles à voix basse, après quoi, elle se tourna vers Louis, et le regarda d'un air moitié souriant, moitié inquiet. Il crut qu'elle souhaitait de se débarrasser de lui.

— Je vais vous dire adieu, dit-il tristement. Vous me permettrez, n'est-ce pas, de revenir vous voir une autre fois ? Je vois que Jeanne n'a plus besoin de moi...

— Si, si, interrompit le vieillard, elle ne veut pas te renvoyer. Seulement, il s'agit d'un secret, et elle ne sait pas encore si elle doit être de mon avis.

— Et quel est votre avis, Monsieur ? demanda Louis avec vivacité.

— Qu'elle peut, sans crainte, te confier son secret.

Jeanne prit la main de Louis et attacha sur lui ses beaux yeux bleus, comme si elle eût voulu lire ses pensées sur son visage.

— N'est-ce pas, dit-elle d'une voix émue, que tu as

pitié des malheureux, et que tu ne voudrais pas trahir quelqu'un qui est forcé de se cacher ?

— Oh ! Jeanne, quelle question ! Moi, trahir un malheureux ! Jamais ! Je me couperais plutôt la langue.

— Je le crois ; grand-père me dit de te croire. Viens donc, et porte, si tu veux, le panier. Moi, je me charge du poêlon. En route je te dirai... Adieu, grand'père, nous serons bientôt de retour.

Louis, heureux d'être jugé digne de la confidence de son amie, mais fort intrigué, la suivit avec empressement, et un instant après ils s'engagèrent dans un petit chemin touffu qui conduisait vers le milieu du bois.

— Où allons-nous ? demanda Louis.

— Je vais te dire toute l'histoire. Lundi dernier, assez tard dans la soirée, nous avions fermé la porte de la maison et je faisais la lecture à grand-père, comme je le fais tous les soirs avant d'aller me coucher. Tout à coup nous entendons frapper. J'eus un peu peur, parce que nous sommes si loin du village que jamais personne ne vient nous voir. Mais grand-père alla ouvrir, et il vit un pauvre homme qui le pria d'avoir pitié de lui, parce qu'il mourait de faim. Heureusement il restait quelque chose de notre souper ; nous le fîmes asseoir à la table et il mangea de bon cœur. Après, voyant que nous le plaignions et qu'il pouvait se fier à nous, il nous a raconté son histoire. C'est un pauvre ouvrier de Monville, à une lieue d'ici, qui est très malheureux depuis longtemps, par manque d'ouvrage et parce que la fièvre est entrée chez lui, et déjà a fait mourir un enfant. Il en a un autre, une petite fille de mon âge, qui est constamment malade, et le médecin, quand il la voit, répète toujours qu'elle dépérit faute de bonne nourriture. Conçois-tu la douleur de ce pauvre homme? Sa fille qu'il aime tant, la voir devenir plus faible tous les jours, et ne pouvoir rien faire pour la sauver! Souvent la famille manquait de pain. Enfin la misère et le désespoir ont été plus forts que lui, et une nuit, il est venu tendre des pièges dans ces bois. Le garde-chasse l'a pris sur le fait, mais il a renversé le braconnier, — il craint même de l'avoir blessé sérieusement — et a pu se sauver et gagner les ruines, où il est caché. Que deviendraient sa femme et ses enfants s'il était mis en prison? Il n'osait pas retourner chez lui, ni faire savoir à sa femme ce qu'il était devenu. Enfin il s'est décidé à venir frapper à notre porte.

— Est-ce qu'il vous connaissait, qu'il est venu vous trouver?

— Non; il avait vu la lumière briller à travers notre fenêtre. Son intention était de nous demander un morceau de pain et puis de se sauver bien loin; mais où aller, sans argent, sans papier? Après avoir causé avec grand-père, il s'estd écidé à rester encore quelque temps caché pour voir s'il ne se trouvera pas un moyen de le tirer de ce mauvais pas.

— Et il est caché dans les ruines?

— Oui. Grand-père et moi nous sommes allés avec lui pour lui aider à trouver un endroit où il puisse être en sûreté, et depuis, je lui ai tous les jours porté à manger. Je suis allée aussi à Monville donner de ses nouvelles à sa famille. Oh! les pauvres gens, qu'ils sont à plaindre!

Après avoir entendu ce triste récit, Louis marcha quelque temps en silence. Son cœur était plein de pitié pour ces infortunés, et il réfléchissait sérieusement aux moyens de leur être utile.

Les deux braves enfants eurent du bonheur ; ils ne rencontrèrent personne dans le bois, et passant par une brèche dans le mur d'enceinte, ils pénétrèrent dans l'intérieur des ruines. D'un pas sûr et rapide, la petite Jeanne guida son compagnon parmi les monceaux de pierres, les pans de mur envahis par les herbes et les broussailles et les tourelles démantelées à demi cachées par le lierre. Enfin elle entra dans un espace clos, qui avait sans doute été jadis une des salles du manoir, quoique maintenant il y poussât deux ou trois arbres de belle taille. Au fond de cette espèce de salle était une brèche étroite et basse, presque masquée par un gros buisson.

— C'est là, dit Jeanne ; je vais passer devant pour qu'il n'ait pas peur en voyant un étranger.

Elle se glissa par la brèche, et Louis, s'avançant avec précaution, vit l'intérieur d'un petit réduit de forme irrégulière, assez bien abrité et qu'éclairait d'une certaine hauteur une ouverture à laquelle (chose précieuse pour un fugitif !) on pouvait atteindre par une escalade facile. Ici se trouvait le braconnier, occupé à façonner un objet quelconque au moyen de petits morceaux de bois. Jeanne, qu'il accueillit avec des expressions de plaisir et de reconnaissance, lui remit les provisions et le prépara à voir son nouveau visiteur.

Louis parut alors, et lorsque par quelques paroles affectueuses il eut exprimé au pauvre homme à quel point il était touché de son infortune et combien il désirait lui rendre service, le malheureux, attendri de la sympathie de ces deux enfants, leur serra la main en pleurant, surtout quand Jeanne lui rendit compte de la visite qu'elle avait faite encore la veille à sa famille.

— Bonne petite! bonne petite! Dieu te récompensera de ce que tu fais pour moi. Je ne pourrais jamais te le rendre.

— Oh! ne parlez pas de cela, dit Jeanne. Ce que je voudrais, ce serait de vous ramener près de votre femme.

Le braconnier secoua tristement la tête.

— Cette nuit, j'ai eu bien de la peine à me retenir, dit-il. Si je fermais les yeux un moment, je voyais ma pauvre Lise, pâle et mourante, qui m'appelait. Mais aller là, ce serait me jeter dans la gueule du loup. Que faire? mon Dieu, que faire?

— Lise ne va pas plus mal, dit Jeanne. Elle m'a souri quand j'ai parlé de vous. Ne vous exposez pas au danger; prenez patience et vous les reverrez bientôt.

Elle voulait le consoler, la chère petite, quoique, en vérité, elle n'eût aucune espérance à lui donner. Louis parla peu; il songeait. Les enfants quittèrent leur protégé en lui disant :

— A demain.

— N'est-ce pas, dit Jeanne, tandis qu'ils revenaient à travers le bois, qu'il a l'air d'un brave homme? Il aime tant sa femme et ses enfants! Et cette pauvre petite Lise, si tu la voyais! Hier elle était presque trop faible pour me tendre la main. J'ai bien peur qu'elle ne meure avant que son père ne la revoie.

— Il ne peut pas rester toujours caché dans les ruines, dit Louis, répondant plutôt à sa propre pensée qu'aux paroles de sa compagne. Même si tu pouvais continuer de le nourrir (et je t'y aiderai tant que je le pourrai), il ne voudra pas, il l'a dit, rester plus longtemps à ta charge.

— Et puis, ajouta Jeanne, on finira par le trouver. Les ruines sont ouvertes à tout le monde.

Louis réfléchissait.

— Si tu parlais de lui à ton père ? reprit Jeanne avec un peu d'hésitation. Il ne le livrerait pas aux gendarmes, bien sûr.

— Le livrer ! s'écria Louis, indigné de l'idée d'un pareil soupçon. Oh ! non, non ! Il aurait pitié de lui ; peut-être pourrait-il l'aider à se sauver. Mais ce serait là une triste ressource.

Le brave garçon s'assit sur un tertre de gazon et appuya sa tête sur ses deux mains. Fleur-qui-rit se garda bien d'interrompre ses méditations. Elle resta debout près de lui, cueillant des brins de clématite qu'elle effeuillait machinalement, tout en regardant son ami.

Tout à coup il se redressa vivement.

— Il n'y a qu'une chose à faire, dit-il.

— Quoi donc ?

— C'est d'aller demander sa grâce à M. le baron.

— Oh Louis ! Mais qui pourra ?...

— Nous.

— Nous ! Tu oserais, Louis ?

— Pourquoi pas ? Mon père m'a souvent dit qu'il ne faut rien craindre quand on n'a d'autre but que de faire le bien.

— C'est égal ; j'aurais peur, moi.

— Jeanne, tu ne refuseras pas de venir avec moi. Tu raconteras à M. le baron comment le pauvre Guillaume est venu chez vous ; tu lui diras combien il est malheureux, tu lui parleras de sa famille que tu as vue dans la misère et dans le désespoir. En pensant à lui, tu oublieras d'avoir peur. M. le baron sera bien touché d'une histoire si triste, et quand tous deux nous le supplierons de lui pardonner, il ne refusera pas.

Jeanne mit sa main dans celle de Louis.

— J'irai avec toi, dit-elle.

Ils prirent un chemin de traverse dans le bois et arrivèrent bientôt à une petite porte du parc près de laquelle était l'habitation du principal jardinier. Grâce à celui-ci, ils apprirent que le baron était sorti, mais qu'il consentirait probablement à les recevoir dans la soirée, après qu'il aurait quitté la table.

III

LES AVENTURES DES CHERCHEURS DE TRÉSORS.

Julien était parfaitement résolu de se trouver au rendez-vous donné par la mendiante, mais une pensée l'inquiétait, une chose à laquelle il s'étonnait de ne pas avoir songé immédiatement. Pour dénicher le trésor, il faudrait creuser un trou dans la terre, et pour creuser il fallait un outil quelconque, une bêche, ou mieux encore, une pioche, et comment se procurer l'un ou l'autre ; comment, du moins, le transporter dans les ruines sans être vu ? Peut être la vieille lui fournirait l'outil. Mais, cela n'était guère probable ; elle en avait aussi, oublié la nécessité. Enfin il se décida à retourner chez lui, afin d'y chercher un instrument quelconque.

Arrivé à la maison, notre rusé compère prit un visage souriant, et sans raconter à sa maman la façon un peu cavalière dont son noble hôte l'avait congédié, il lui dit simplement qu'il devait faire le soir une promenade, dont il ne rentrerait probablement qu'un peu tard ; et sa mère, fort occupée et supposant qu'il avait pris un engagement avec des amis, donna sa permission.

Il alla donc fureter sous les hangars et dans la cour pour y faire son choix, puis à l'heure du souper, quand tout le monde fut rentré, il s'empara d'une petite pioche, et s'étant adroitement esquivé, eut la chance de regagner le bois sans avoir été remarqué par qui que ce fût.

Les ombres de la nuit commençaient à tomber, et la lune se levait blanche et pure, quoique entourée de quelques nuages, lorsque notre héros arriva devant le vieux manoir. Un peintre ou un poète se serait arrêté là, enchanté de la beauté de ces ruines ainsi vues par une belle nuit d'été ; mais Julien ne songea pas à les admirer ; il se serait plutôt senti disposé à avoir peur. En effet, ces murs irrégulièrement découpés, en plusieurs endroits couronnés de broussailles ou d'arbres rabougris et tordus, et revêtus de longues guirlandes de lierre qu'agitait le moindre souffle de vent, prenaient, à cette lumière blafarde et douteuse de la lune, les formes les plus bizarres. De temps en temps, aussi, un oiseau de nuit, sortant, comme un malfaiteur, de la crevasse où il était resté blotti pendant le jour, passait d'un vol silencieux, et son cri triste et sinistre réveillait les échos. Heureusement pour Julien, il n'avait pas été bercé de contes de revenants et de loups-garous ; préoccupé du but de son expédition, il passa sous la voûte et trouva la vieille, exacte au rendez-vous, brandissant sa baguette de coudrier.

— C'est bien, dit-elle ; tu n'es pas en retard. Suis-moi.

Sans mot dire, Julien obéit, et ayant traversé une partie des ruines, ils arrivèrent à une voûte, très basse et tout à fait sombre. Ici la vieille s'arrêta, et sa baguette, qu'elle tenait légèrement de la main droite, se mit à s'agiter et à tourner follement en tous sens.

— C'est ici, dit la vieille ; c'est au fond de cette voûte. Quand nous y serons entrés, la baguette nous indiquera le point où il faut creuser pour trouver le trésor.

— Mais il fait nuit, observa Julien, plongeant un regard inquiet dans l'obscur renfoncement.

La mendiante tira de dessous son manteau une petite lanterne, l'alluma, et l'on vit alors combien les parois de la voûte étaient humides et noires. Arrivée au fond, la vieille tendit sa baguette qui, au lieu de se baisser vers la terre, s'agita violemment et s'échappant de la main qui la tenait, vint frapper Julien en pleine poitrine.

— Qu'est-ce que cela veut dire ? demanda-t-il consterné.

La vieille hocha la tête d'une manière significative.

— Je comprends, dit-elle. Ceci me fut jadis confié par un devin très fameux. Je n'avais pas voulu le croire, mais...

— Quoi donc ?

— C'est que, pour chercher et trouver de l'or, il ne faut avoir sur soi rien de métallique. Tu as de l'argent dans ta bourse, une chaîne d'acier à ton gilet. Il faut ôter tout cela.

Presque sans savoir ce qu'il faisait, Julien tira de sa poche un porte-monnaie contenant une somme de cinq à six francs, économisée depuis longtemps, en vue d'une emplète désirée, et un très joli couteau à deux lames. Puis il détacha de son gilet la petite chaîne d'acier à l'extrémité de laquelle brillait une belle montre d'argent, que son grand-père lui avait donnée aux dernières étrennes. La vieille prit le tout dans ses mains qui tremblaient d'empressement, quoiqu'elle eût préféré, sans doute, que la montre fût en or.

— C'est ça, dit-elle. Je vais les mettre en sûreté, là, dehors, derrière une pierre ; tu les reprendras tout à l'heure.

Elle y alla d'un pas rapide et revint aussitôt.

Cette fois, la baguette fit son office parfaitement : au

lieu de tournoyer ou de sauter, elle fut agitée d'un léger tremblement, puis d'horizontale qu'elle était, se pencha lentement tout en tournant à gauche, jusqu'à ce qu'elle restât fixe, indiquant le point où il fallait fouiller.

— Victoire! Victoire! cria la vieille, de sa voix la plus rauque. Ne te semble-t-il pas voir un monceau d'or briller devant tes yeux? A l'œuvre, mon chéri, à l'œuvre! Si je pouvais t'aider! Si les douleurs ne m'avaient pas rendu les bras si faibles!

Julien leva sa pioche, et attaqua vigoureusement le sol pierreux. La vieille l'encourageait de son mieux.

— Tu me devras bien quelque chose, dit-elle, pour ce trésor qu'après tout j'aurais pu prendre pour moi. Mais, vois-tu, mon neveu qui serait venu, certes, sans se faire prier, m'a contrariée, et j'ai juré de ne point l'enrichir. Toi, tu me plais, et je serai fière de te voir, grâce à moi, caracoler sur un beau cheval. Je ne demanderai que la dixième partie de ce que tu trouveras; ce sera une récompense bien suffisante pour ma peine.

La convoitise de Julien était excitée au plus haut point; sans dire un mot, il travailla, piocha avec ardeur, jusqu'à ce que la sueur perlât à son front.

Tout à coup il tressaillit, un bruit sourd s'était fait entendre derrière lui, à quelque distance. Il leva la tête, se retourna, il était seul! La faible lueur de la lanterne ne s'étendait qu'à quelques pas autour de lui. Qu'était devenue la mendiante? Et quel était ce bruit auquel avait succédé un silence de mort? Après avoir attendu quelques instants dans une anxiété toujours croissante, il prit la lanterne et se dirigea vers l'entrée de la voûte.

Oh! terreur! elle était fermée. Le bruit qu'il avait entendu était celui d'une porte poussée avec force et fixée solidement, au moyen, sans doute, d'une grosse pierre, car Julien put l'écarter juste assez pour voir qu'aucune serrure ne la fermait. Du reste, en jouant dans les ruines, il avait souvent remarqué cette porte que personne, depuis de longues années, n'avait songé à fermer, et qui datait d'un temps où un ancien propriétaire des ruines avait voulu en utiliser certaines parties mieux conservées que les autres.

L'affreuse vérité se fit entièrement jour dans son esprit. L'horrible vieille s'était jouée de lui, l'avait trompé, volé, emprisonné. Poussant des cris de terreur et de rage, il se jeta de toute sa force contre la porte, faite de planches grossièrement clouées ; mais il ne put l'ébranler et ne réussit qu'à s'écorcher les mains. Epuisé enfin par ces efforts inutiles, il retourna vers le fond de la voûte, où déjà il avait creusé un trou d'une certaine profondeur, et convaincu qu'aucun trésor n'était caché là, et que la seule personne qui gagnât quelque chose, à cette absurde entreprise, était la mendiante qui s'était enrichie de son argent, de sa montre et de son couteau, il se laissa aller à un violent accès de désespoir, maudissant la sotte crédulité qui avait fait de lui une proie si facile.

— Mon Dieu! pensa-t-il, suis-je destiné à mourir lentement de faim dans ce souterrain? Qui pourra venir à mon secours? On n'entend pas mes cris, et personne n'aura l'idée de venir me chercher ici.

Malheureux garçon! Ce n'était pas seulement sa crédulité qu'il devait maudire, mais aussi son égoïsme. S'il n'avait pas voulu s'emparer du trésor avec l'idée de le garder pour lui seul, il aurait parlé de son aventure à son père ou à son ami Louis, et le malheur qui l'accablait ne serait pas arrivé. Oh ! Louis ! Louis ! que n'eût-il donné en ce moment pour entendre cette voix amie, pour voir près de lui cette bonne et franche figure que le matin il avait rendue chagrine !

Il tressaillit, quelque chose avait passé près de lui en frôlant sa joue. Après le premier moment d'effroi, Julien comprit que c'était une chauve-souris, et s'aperçut alors pour la première fois que plusieurs de ces animaux se tenaient tête en bas, suspendus à la voûte. Il n'était certes pas assez sot pour avoir peur des chauves-souris, mais néanmoins la présence de ces êtres étranges lui semblait ajouter à l'horreur de la solitude. Et là-dessus, passèrent dans son esprit toutes les histoires terribles ou lugubres et plus ou moins semblables à la sienne qu'il avait pu lire ou entendre raconter ; il se vit mourant, seul, abandonné ; se représenta l'inquiétude de ses parents, les suivit en imagination dans leurs recherches désespérées ; se figura leur douleur quand les jours et les nuits se succéderaient sans leur apporter aucune nouvelle de leur pauvre Julien, et enfin épouvanté de ces sinistres tableaux, il se jeta sur le sol humide, se couvrant le visage de ses mains, et mêlant d'une voix entrecoupée les prières et les lamentations.

Lorsqu'il releva la tête : nouveau sujet de terreur, il était dans l'obscurité ! Le petit bout de chandelle allumée dans la lanterne s'était éteint. Mais cet événement, en mettant le comble à l'horreur de sa situation, lui donna de nouvelles forces. Une pensée ! Que ne l'a-t-il eue plus tôt.

— Je ne puis rester ici, s'écria-t-il. Il faut que je me sauve.

Aussitôt, il chercha à tâtons, ramassa la pioche, et ayant

regagné l'entrée de la voûte, se mit à frapper sur la porte à coups redoublés.

Cric! crac! les planches vermoulues ne résistèrent pas longtemps, et Julien eut bientôt la satisfaction de sentir la douce brise de la nuit souffler sur son front brûlant.

Il faisait très sombre, les nuages s'étaient amoncelés et la lune ne se montrait plus que par moments. Julien ne voyait pas assez pour distinguer le chemin qu'il devait suivre. Puis il était encore tremblant, ahuri du danger qu'il venait de courir, et toutes sortes de folles craintes agitaient son esprit. Il lui semblait voir remuer des formes indécises, entendre des sons confus. L'horrible vieille n'était-elle pas embusquée quelque part ? S'il eût fait jour, il n'aurait demandé rien de mieux que de se trouver face à face avec elle ; maintenant l'idée lui en faisait peur. Le plus probable était pourtant que sans perdre de temps elle avait décampé avec son butin.

Il avait fait quelques pas en hésitant, lorsque le nuage qui voilait la lune étant passé, Julien aperçut, — non, vraiment, sa frayeur ne le trompait pas, — une forme noire qui venait à sa rencontre.

Perdant la tête, notre infortuné chercheur de trésors s'élança en courant dans une autre direction, mais il ne courut pas loin : son pied heurta violemment contre un tas de pierres, il tomba. C'en fut trop, tout cela ensemble dépassa ses forces, il perdit connaissance.

V

LOUIS ET JEANNE.

Lorsque Julien revint à lui, il se crut d'abord transporté de nouveau dans le souterrain, mais cette erreur ne dura point. Il était couché sur une espèce de lit formé de paille et de feuilles sèches, dans une chambre — si on peut l'appeler ainsi — dont les murs étaient des pierres toutes nues. Aucun meuble ne garnissait ce réduit, mais debout, auprès de lui, un homme vêtu d'une blouse grise, dont l'aspect n'avait rien d'effrayant, se tenait.

— Où suis-je? Qui êtes-vous? demanda Julien en essayant de se soulever. Mais l'effort lui arracha un aïe de douleur et le fit retomber sur le lit.

— Reste tranquille, mon garçon, dit l'homme, et n'aie pas peur. C'est à la jambe que tu as mal?

— A la cheville. Je ne peux pas bouger le pied.

Son hôte s'agenouilla, le déchaussa avec précaution, puis tâta délicatement le membre souffrant et en approcha sa lanterne pour l'examiner.

— Il n'y a rien de cassé, mais tu t'es fait une rude foulure, qui t'empêchera de marcher, d'ici à quelque temps. Je t'ai trouvé couché là au milieu des ruines ; que diable y faisais-tu, à cette heure?

Julien ne songea pas à répondre à cette question ; toute son attention se concentrait sur les premières paroles de son hôte.

— Que faire ! Que faire ! répétait-il consterné. Il faut pourtant que je m'en aille d'ici. Mon père et ma mère doivent être dans l'inquiétude. Oh ! je vous en prie, Monsieur, conduisez-moi près d'eux.

Comme vous l'avez sans doute deviné, cet homme n'était autre que le braconnier qui, sorti de sa retraite à la nuit pour prendre un peu d'air et d'exercice, avait fort innocemment effrayé et ensuite ramassé notre héros infortuné.

En réponse à la prière de Julien, il arpenta deux ou trois fois à pas lents la longueur de son misérable réduit, puis, se rapprochant :

— Ecoute, mon ami, dit-il, il faut te résigner à passer la nuit avec moi. Demain nous verrons sans doute arriver la bonne petite fille qui se charge d'entretenir ici ma triste vie. Le brave garçon qui a promis de travailler pour moi viendra peut-être aussi. Eux, ils trouveront moyen de t'emmener. En attendant, tâche de prendre patience.

Le braconnier trempa le mouchoir de Julien dans de l'eau froide et en enveloppa sa cheville enflée. C'était tout ce qu'il pouvait faire, et ce simple remède devait au moins combattre l'inflammation. Ensuite, il s'assit sur la grosse pierre, et, croisant les bras, parut bientôt si profondément absorbé dans ses pensées que Julien n'osa plus lui adresser la parole.

Près d'une heure se passa ainsi. Cette heure sembla bien longue au pauvre blessé ; espérons qu'il la mit à profit en repassant dans sa pensée les événements de cette triste journée qui eût pu être si agréable.

Tout à coup le braconnier frissonna et se dressa sur ses pieds. Un bruit avait frappé son oreille, un bruit de pas et de voix qui approchaient. Mais son inquiétude ne fut pas de longue durée. Julien, à son tour, tressaillit et se souleva vivement, car la première voix qui résonna à son oreille, était une voix bien connue de lui.

— C'est nous, monsieur Guillaume, c'est nous ! N'ayez pas peur ; nous vous apportons une bonne nouvelle.

— Louis ! se dit Julien dans un inexprimable étonnement, en voyant entrer son ami accompagné d'une charmante petite fille en qui il reconnut Fleur-qui-rit. Mais ni l'un ni l'autre ne l'aperçut d'abord, dans le coin sombre où il était couché. Tous deux s'avancèrent joyeusement et prirent chacun une main du pauvre homme qui les regardait d'un œil effaré.

— Comment, mes enfants, balbutia-t-il, vous voilà ? A cette heure-ci !

— Oui, oui ; nous n'avons pas voulu attendre jusqu'à demain. Il n'est jamais trop tôt pour dire une bonne nouvelle.

— Une bonne nouvelle ? A moi ?

— Monsieur Guillaume, dit Jeanne, c'est Louis qu'il en faut remercier. C'est lui qui y a pensé, c'est lui qui m'a menée chez M. le baron.

— Mais c'est Jeanne qui a parlé pour vous, interrompit Louis. Oh ! le courage ne lui a pas manqué, allez ! Tout le monde a été touché, et j'ai vu, moi, que madame la baronne avait des larmes plein les yeux.

— Madame la baronne ! répéta Guillaume.

Un nouveau personnage venait d'entrer. C'était le jardinier du château, homme à cheveux gris, et dont le visage exprimait la bonté.

— Oui, l'ami, dit-il, rassurez-vous. Ces gentils enfants

ont risqué le tout pour le tout, et ils ont bien fait. Ils ont trouvé M. le baron au sortir de table; il était de bonne humeur, et quand cette petite s'est mise à raconter si gentiment et d'une voix si douce votre malheur et la misère où votre famille est tombée, toute la compagnie s'est arrêtée pour l'écouter et toutes les dames, madame la baronne la première, ont plaidé votre cause.

— Dieu les bénisse! et vous, mes bons petits enfants!... murmura le pauvre homme.

— Il était d'abord question, poursuivit le jardinier, d'attendre à demain matin, mais les dames ont si bien parlé que M. le baron s'est décidé à envoyer ce soir à Monville pour avoir des renseignements sur vous. Il paraît qu'il en a été satisfait, puisque, malgré l'heure avancée, — il est plus de onze heures, — il m'a envoyé avec les enfants pour vous chercher.

— Oh! mon Dieu! est-ce possible! Je serais libre? Je pourrais retourner près de ma femme et de mes enfants?

— Oui, oui! dirent les enfants joyeusement. Mais venez vite! Et ils voulurent l'entraîner.

— Un moment! dit Guillaume. Je ne suis pas seul. J'ai là un compagnon que je ne peux abandonner, et qui n'est pas en état de marcher.

Les enfants se retournèrent surpris, et virent enfin le malheureux garçon sur sa couchette de paille. A leur approche, il couvrit son visage de ses mains.

— C'est Julien! s'écria Louis au comble de l'étonnement. Qu'as-tu donc? Comment es-tu ici?

Ce n'était point le moment de faire ni d'écouter un récit détaillé. Le braconnier, — qu'il ne faudra plus appeler ainsi, — coupa court aux explications en chargeant Julien sur son dos ; le jardinier prit la lanterne pour éclairer le chemin, et au bout d'un quart d'heure ils arrivèrent au château. A mesure qu'ils en approchaient, Julien se sentait de plus en plus accablé par la honte, et il eût donné tout au monde pour éviter les explications qu'il allait être forcé de fournir. Mais cela n'était pas possible. A proximité du château, ils rencontrèrent deux domestiques qui les conduisirent à la terrasse où se trouvaient Monsieur et Madame d'Ervilly au milieu d'une assez nombreuse société. Les domestiques, qui s'étaient emparés du blessé, le déposèrent sur un fauteuil de jardin.

Le pauvre Guillaume fut reçu avec bonté, pardon plein et entier lui fut accordé, promesse lui fut faite d'une occupation qui le mettrait désormais à l'abri d'une aussi cruelle nécessité, et avant qu'il partît, le cœur allégé, pour retourner près de sa famille, Madame d'Ervilly, en lui disant quelques bonnes paroles, lui mit dans la main le produit d'une quête qu'elle venait de faire parmi ses amis, et qui devait aider le pauvre homme à consoler sa femme des jours d'angoisse qu'elle avait supportés.

Le résultat de cette entrevue fut moins satisfaisant pour Julien. M. d'Ervilly lui parla sévèrement, lui dit que si ce trésor avait vraiment existé, il n'aurait eu aucunement le droit de se l'approprier. Quant à Raoul, en écoutant le récit de ces mésaventures, il éclata de rire, ce qui sembla à Julien si méchant, si cruel, après la terreur et les souffrances qu'il avait endurées, qu'il résolut de n'avoir plus aucune relation avec ce faux ami. Il sentit combien était différente la conduite de Louis et de Jeanne, qui évitèrent toute expression de blâme ou de moquerie, et se montrèrent pleins de commisération pour lui ; et quoiqu'il ne fît pas de protestation, il leur voua dans son cœur une éternelle amitié.

Le jardinier eut la bonté de le reconduire dans sa carriole chez lui, où il arriva entre minuit et une heure. Toute la maison était en émoi, son père parti à sa recherche et sa mère dans la désolation. Pauvre Julien ! la leçon fut rude, car non seulement la guérison de son entorse ne fut obtenue qu'au bout de plusieurs semaines, mais, par suite de toutes ses terribles émotions, il eut une attaque de fièvre assez sérieuse. Pendant sa maladie, sa meilleure consolation fut la société de son ami Louis, qui sacrifia généreusement bien des heures de récréation et bien de belles promenades à lui tenir compagnie.

La vieille mendiante fut arrêtée peu de jours après, dans un village où elle disait la bonne aventure. Malheureusement, quoiqu'elle fût mise en prison, ce châtiment, certes bien mérité, ne rendit à Julien ni sa bourse, ni son couteau, ni sa jolie montre d'argent.

Quant à Louis et à la gentille Fleur-qui-rit, ils restèrent en grandissant ce qu'ils avaient été enfants, bons, braves et charmants. Quelques années après les événements qui viennent d'être rapportés, Louis, devenu un heureux et actif fermier, avait une aimable petite femme aux yeux bleus, à la voix douce, gaie comme un pinson, laborieuse comme une abeille. J'ai entendu dire qu'elle s'appelait Jeanne. De plus, il y avait à la ferme un bon vieillard que Louis et sa femme comblaient de soins et d'attentions, et j'ai vu, en passant par la lisière du bois, que la pauvre cabane était tout à fait abandonnée et tombée en ruines.

LA PIECE D'OR

LA PIÈCE D'OR

I

— Ha ! ha ! ha ! ha !

— Oh ! Gérald ! Viens, chasse-les !

— Ha ! ha ! ha !

Voilà toute la réponse de Gérald aux cris d'effroi et aux supplications de sa petite cousine Adèle. Debout sur un tertre de gazon au bord du chemin, il ne faisait que rire et battre des mains. Le fait est que le spectacle qu'il avait sous ses yeux était assez risible, et comme Gérald savait que sa cousine ne courait aucun danger, il croyait parfaitement excusable de se moquer d'elle.

Gérald avait douze ans. Au moment où commence cette histoire, il se promenait dans un joli chemin vert avec ses deux cousines, Laurence et Adèle : la première un peu plus âgée que lui, l'autre plus jeune. Les trois enfants étaient seuls ; ils faisaient souvent ainsi des promenades dans les champs et les prairies avoisinant la maison de M. Cordier, père des deux petites filles.

Voici l'événement qui excitait si fort la gaîté de Gérald. Comme il causait en marchant avec l'aînée de ses cousines, Adèle était restée un peu en arrière pour cueillir des mûres ; tout à coup, par un petit sentier, débouche une troupe d'oies qui aussitôt entourent la pauvre Adèle, tendant leurs longs cous vers elle et sifflant à qui mieux mieux ; l'enfant veut fuir, mais les oies la poursuivent. Ce fut alors qu'elle appela d'une voix si piteuse, que sa sœur et son cousin se retournèrent tout effrayés. Laurence revint sur ses pas en courant ; comme elle n'avait aucune arme défensive, pas même une ombrelle, les oies se moquèrent d'elle. Quelques-unes même se mirent à la poursuivre aussi, mais la plupart, je ne sais pourquoi, n'en voulaient qu'à Adèle, et quoique, certainement, leur vue fût plutôt ridicule qu'effrayante, la petite fille finit par s'épouvanter de cet acharnement. Gérald riait de tout son cœur, et refusait absolument de lui venir en aide. Enfin, un garçon de ferme, armé d'un bâton, apparut à l'entrée du sentier. A sa vue, la troupe d'oies changea de direction et les enfants purent continuer leur chemin.

— Tu n'es pas bon, Gérald, fit Adèle d'un ton de reproche.

— Oh ! par exemple ! Si tu courais un vrai danger, j'irais à ton secours. Mais... comment ! Adèle, toi qui vis à la campagne, tu as peur comme cela d'oiseaux de basse-cour ? Laurence, non plus, n'était pas trop rassurée.

— Eh bien, dit Laurence, je t'assure qu'il n'est pas du tout agréable d'être poursuivi par ces grosses bêtes qui ont l'air si stupide. Si elles le voulaient, elles pourraient faire du mal, surtout à une petite fille comme Adèle.

— Je vois que vous n'êtes braves ni l'une ni l'autre. Voyons, que feriez-vous, si un tigre ou un gros loup apparaissait tout à coup au bout du chemin ?

— Ah ! je ne sais pas trop, répondit Laurence. Je crois que le courage, même si nous en avions autant que toi, ne nous servirait pas à grand'chose. Nous n'aurions qu'à nous sauver, ou, s'il n'en était plus temps, qu'à nous coucher par terre et à faire les morts. Heureusement, dans ce pays-ci, nous ne courons pas de pareils dangers.

Les oies la poursuivaient toujours.

— Il y a des loups en France? dit Adèle, que la supposition de son cousin avait impressionnée.

— Oui, reprit sa sœur ; mais ils ne sont pas à craindre, du moins en cette saison. Ce n'est que dans les hivers très rigoureux qu'ils viennent quelquefois, poussés par la faim, rôder autour des habitations.

— Oh ! bien ! s'écria Gérald. L'hiver prochain j'aurai

un fusil de chasse, et si vous entendez parler de loups dans votre voisinage, vous n'aurez qu'à m'écrire, je viendrai vous en délivrer, moi !

Tout en causant, nos promeneurs avaient longé, jusqu'à son extrémité, la jolie haie de ronces et d'églantiers ; à leur droite s'étendait un champ de blé, séparé du chemin par un large fossé.

— Oh ! les jolis bluets ! des scabieuses, des marguerites ! s'écria Adèle, regardant avec envie les fleurs qui se montraient nombreuses, au milieu des épis. Quel dommage que le fossé soit si large !.

— Bah ! dit Gérald. Nous n'avons qu'à sauter par-dessus.

— Tu plaisantes, dit Laurence. C'est impossible. Il est beaucoup trop large.

— Je le sauterai bien, moi !

— N'en sois pas trop sûr ; tu pourrais le manquer.

— Et il y a de la boue au fond, beaucoup, ajouta Adèle.

— D'ailleurs, reprit Laurence, ce n'est pas la peine. Tenez, je vois là-bas un endroit où nous pourrons passer.

— Eh bien, mesdemoiselles, allez là-bas trouver ce passage si sûr et si facile. En attendant, c'est moi qui aurai cueilli tous les bluets. Regardez !

Gérald prit son élan, et sauta par-dessus le creux béant ; mais ses pieds manquèrent le bord opposé ; il tomba en avant, essaya de se raccrocher, glissa jusqu'au fond bourbeux, causant un vif émoi parmi les grenouilles cachées sous les longues herbes mouillées. Ses bonnes petites cousines s'empressèrent de lui tendre la main, et, le voyant tout humilié de sa chute, ne rirent pas de sa mésaventure, ni de l'état déplorable où il se trouvait. Ses souliers, son pantalon, étaient couverts de boue. Laurence le fit asseoir sur l'autre bord du chemin, puis, avec des touffes d'herbes sèches, l'essuya et le nettoya le mieux possible. Gérald la remercia. Malgré son esprit un peu fanfaron, il n'avait pas de sot amour-propre, et il fit sur son accident des plaisanteries qui mirent ses cousines tout à fait à l'aise. Bientôt ils reprirent leur route, traversèrent le fossé à l'endroit facile, et firent un superbe bouquet.

En revenant à la maison, ils eurent une nouvelle aventure qui menaça d'être beaucoup plus sérieuse. Arrivés juste à ce tournant du chemin où Gérald avait fait la supposition d'un gros loup, ils virent devant eux, à une petite distance, un objet vraiment fait pour inspirer la terreur. C'était un taureau échappé qui s'avançait d'un air très inquiétant.

Que faire ? le chemin, peu large, était bordé de haies des deux côtés. Gérald regarda autour de lui et appela au secours. La petite Adèle se serra derrière sa sœur. A la honte de notre vaillant tueur de loups, je suis forcée d'avouer que Laurence seule montra de la présence d'esprit. Au lieu de crier, elle chercha vivement des yeux quelque lieu de refuge ; à sa joie, aperçut dans la haie, à peu de distance, un trou assez grand pour qu'on pût y passer, et, tirant Gérald par le bras, le lui indiqua.

Hélas ! Gérald oublia complètement sa bravoure vantée. Sans doute qu'il perdit un peu la tête, car ce n'était pas un égoïste, et s'il eût eu le temps de réfléchir, il n'aurait pas voulu pourvoir à sa propre sûreté avant d'avoir assuré celle de ses cousines. Mais la crainte ôte la réflexion ; aussi fut-il le premier à se fourrer par le trou que Laurence avait indiqué. Il est vrai qu'en agissant ainsi, Gérald agrandit la brèche, aux dépens de ses mains et de son visage couverts d'égratignures. Une fois passé, il tendit les bras à ses cousines pour les aider à le suivre.

— Dépêche-toi, Adèle ! criait Laurence d'une voix étouffée. Elle poussait sa petite sœur à travers la brèche, mais ses yeux étaient fixés sur le taureau. La brutale bête se dirigeait vers elle, les cornes baissées.

Ce fut un terrible moment !

Gérald, repentant de son mouvement égoïste, criait : A nous ! au secours ! de toute la force de ses poumons. Quant à Laurence, elle montra, dans l extrémité du péril, comment une petite fille, douce et modeste, peut avoir au fond de son cœur une résolution et une présence d'esprit qui feraient honneur à un homme. Sans perdre un moment, elle ôta son large chapeau de paille et le jeta juste devant le taureau. La surprise qu'il en éprouva suffit pour l'arrêter un instant, ce qui permit à Laurence de rejoindre ses compagnons. Presque aussitôt arrivaient deux paysans qui s'emparèrent de l'animal, et les enfants purent retourner à la maison, où ils arrivèrent pâles et tremblants.

Gérald ne reprit pas sa gaîté de toute la journée ; il ne pouvait oublier un moment l'horrible danger que sa cousine avait couru, et il sentait qu'elle avait un peu le droit de le mépriser. Mais Laurence était si bonne, avait si peu l'air de le trouver poltron, était si loin de se vanter de ce qu'elle avait fait, que Gérald, qui d'abord rougissait à chaque éloge accordé au courage de sa cousine, finit par se calmer. Néanmoins, pendant les trois ou quatre jours qu'il resta encore chez sa tante, il ne fit plus de fanfaronnades et... ne sauta plus de fossés.

II

Gérald demeurait à Paris. Il était fils d'un négociant. Sa mère était morte depuis plusieurs années et son père l'avait placé dans une pension où il travaillait bien, et faisait beaucoup de progrès.

Mais ce n'est pas tout de devenir savant ; ce qui est important, c'est d'avoir un jugement droit et un bon cœur. Gérald aurait eu souvent besoin des conseils et des douces remontrances d'une mère ! C'était du moins un très grand bonheur pour lui d'être aimé de sa bonne tante et de ses cousines, et il les aimait aussi de tout son cœur. Oh ! qu'il aurait voulu demeurer à la campagne avec elles ! Heureusement, grâce au chemin de fer, le village qu'elles habitaient n'était qu'à trois quarts d'heure de Paris, et on échangeait assez fréquemment des visites.

Un jour, peu de temps après les aventures que j'ai racontées, les enfants se promenaient tous ensemble dans la rue Saint-Honoré, accompagnés de Madame Cordier et d'une de ses amies qui, étant venue passer quelques jours seulement à Paris, tenait à voir et à acheter le plus possible de jolies choses. Après avoir fait bon nombre d'emplettes, elle voulut, pour finir, entrer dans un magasin de nouveautés et s'y extasia devant un manteau fort élégant qu'elle eut la plus grande envie d'acheter.

— Mais, dit Madame Cordier, il me semble que vous en avez déjà un dans ce genre.

— Oh ! cela est vrai, il est certain que je n'en ai pas besoin. Mais c'est qu'il est charmant ! Toutes mes connaissances à Nantes me l'envieront.

Bref, elle prit le manteau, qu'elle paya plusieurs louis.

En sortant du magasin, l'attention des enfants fut attirée par une pauvre femme pâle et maigre, tenant un enfant dans ses bras et dont les vêtements misérables formaient un triste contraste avec les riches étoffes qu'on venait d'admirer. La dame, qui tenait encore sa bourse ouverte à la main, donna à cette pauvre créature une pièce de dix centimes, puis se tourna vers son amie et lui dit gaîment :

— Voyons, où allons-nous maintenant ? Vraiment, j'ai assez dépensé pour aujourd'hui. Votre beau Paris me fait faire des folies.

Laurence, qui regardait en ce moment son cousin, vit les yeux noirs de Gérald fixés sur la dame avec une expression d'indignation. Elle devina bien une partie de sa pensée ; il ne tarda pas à la dire tout entière.

— Que penses-tu de cela ? dit-il, prenant le bras de sa cousine et le passant sous le sien. Est-il possible d'être égoïste à ce point ? Oh ! Laurence, n'as-tu pas été indignée comme moi, de voir cette dame donner une misérable aumône, après avoir dépensé pour elle-même, pour une chose dont elle n'a aucun besoin, une somme qui suffirait à vêtir complètement cette malheureuse femme et son enfant, et à les nourrir pendant plusieurs semaines ?

— Tu la juges trop sévèrement, répliqua Laurence avec douceur.

— Oh ! tu ne réussiras pas à l'excuser, et, au fond, tu la trouves affreusement égoïste. Je suis sûr, Laurence, que si tu avais de l'argent, tu l'emploierais mieux que cela, n'est-ce pas ?

— Je crois que si j'avais de l'argent, je désirerais l'employer à faire du bien. Mais il ne faut pas en être sûr ; si quelque chose me faisait une très grande envie, je penserais peut-être plus à moi qu'aux autres.

— Comment ! Tu ne sais pas si tu es capable d'être généreuse ou non ? Moi, je suis plus sûr de moi que cela. Je n'ai jamais que très peu d'argent à la fois, cela fait que je le dépense aussitôt ; mais que je possède une fois une somme, tu verras si je n'en fais pas un bon usage !

Un peu moins de quinze jours après cette conversation, Laurence reçut de Gérald une lettre qu'elle lut à Adèle. La voici :

« MA CHÈRE LAURENCE,

« Souvent tu me grondes, tu me dis que je suis trop présomptueux. Tu as raison quelquefois, peut-être ; mais je vais te faire avouer qu'il est bon aussi d'avoir un peu de confiance en soi.

« Jamais les examens à notre pension n'ont été aussi sévères que cette année ; on eût dit que les professeurs ne désiraient rien tant que de nous trouver en défaut. Eh bien, j'avais travaillé ferme et je n'avai pas peur. Je me disais d'avance : Je crois que je ferais bonne figure. Et je ne me suis pas trompé. Des élèves plus avancés que moi ont été déconcertés, et n'ont pas su répondre. Moi, j'étais tranquille, et positivement, la mémoire ne m'a presque pas manqué. Aussi, à la distribution des prix aujourd'hui, en ai-je eu ma part, et une fameuse ! Premier prix d'histoire, premier prix de grammaire, deuxième prix de géographie, sans compter des accessits en quantité. Mon père a été enchanté ; non seulement il m'a promis toutes sortes de plaisirs pour les vacances, mais il m'a fait présent d'une pièce d'or de vingt francs, la première que j'aie eue de ma vie.

« A bientôt, mes bonnes petites cousines ; vous pouvez être sûres que ce mois-ci ne se passera pas sans que j'aille vous voir ; et il faudra tâcher d'avoir quelques bonnes journées. Je vous embrasse de tout mon cœur.

« GÉRALD »

Quand Laurence eut fini de lire cette lettre, elle resta quelque temps sans parler, le menton appuyé sur la main. Adèle, assise à côté de sa sœur, la regardait avec des yeux souriants et un peu moqueurs.

— Ne trouves-tu pas... ? dit-elle enfin.

— Quoi donc ?

— Que Gérald est bien suffisant ? Est-il content de lui !

— Un peu, il est vrai, répondit Laurence, souriant aussi. Il faut l'excuser ; il vient, tu sais, de recevoir beaucoup de compliments et d'éloges. Mais ce n'est pas à cela que je pensais.

— Non ?

— Non ; je pensais à sa pièce d'or. Gérald nous a dit que lorsqu'il aurait de l'argent, il en ferait un bon usage. Qu'en fera-t-il ?

A cette question, Adèle devint pensive aussi, et se mit à réfléchir à ce qu'elle ferait d'une pareille somme, si elle la possédait.

Les deux sœurs étaient assises sur un banc de bois, à l'ombre d'un magnifique hêtre qui faisait l'ornement d'un pré attenant au jardin. Vint à passer un petit paysan, âgé de neuf ans environ, que nos amies connaissaient et pour lequel elles avaient beaucoup d'amitié, car c'était un brave et honnête enfant. Il travaillait autant que ses forces le lui permettaient et aidait le plus qu'il pouvait sa grand'-mère, avec qui il vivait seul. Comme la pauvre femme ne pouvait envoyer son petit-fils à l'école, Laurence avait rendu à celui-ci le grand service de lui apprendre à lire, et elle et sa sœur lui prêtaient souvent des livres à sa portée. Aussi Petit-Jean aimait-il de tout son cœur ces bonnes demoiselles et les voyait-il toujours avec joie.

Elles furent donc tristement surprises de le voir arriver à pas lents, les yeux rouges de larmes et cherchant à étouffer ses sanglots.

— Qu'as-tu donc, Petit-Jean ? demanda Adèle.

— Ta grand'mère n'est pas malade, j'espère ? dit Laurence.

— Non, Mademoiselle ; mais elle a un grand chagrin, et moi aussi. Notre âne est mort ce matin.

— Quel malheur ! c'était une si bonne bête !

— Oh ! oui, une fière bête ! Et le pauvre enfant se remit à pleurer.

Petit-Jean et sa grand'mère avaient raison de pleurer leur âne ; il leur rendait de si grands services ! Sans lui, comment pourraient-ils mener de porte en porte les légumes, les fruits et les fleurs que produisait leur petit jardin ? Ce qu'ils gagnaient ainsi était presque tout ce qu'ils avaient pour vivre. Aussi l'on comprend leur désolation, car la pauvre vieille femme n'avait aucun espoir de remplacer le précieux serviteur. Laurence et Adèle s'efforcèrent de consoler Petit-Jean et, avec la permission de

Madame Cordier, allèrent voir la grand'mère, et lui portèrent plusieurs choses utiles.

III

Transportons-nous maintenant à Paris pour voir un peu ce que fait Gérald. Il se leva fier et content le lendemain de la distribution des prix. La belle pièce d'or était encore intacte dans un petit porte-monnaie au fond de son gousset, et tout en s'habillant, il roulait dans sa tête cent projets sur la manière dont il emploierait ses vingt francs.

— Je ferai, se dit-il, un cadeau à chacune de mes cousines. Pour cela, c'est décidé. Laurence aura un de ces jolis nécessaires en cuir qu'elle admire tant, et Adèle, voyons... Je vois ce qu'elle aimerait le mieux, ce serait des jouets, un beau ballon..., un joli jeu de volant ou de grâces. J'ai bien envie aussi d'acheter quelque chose de gentil pour ma tante. C'est une attention qui la flattera.

Mais il fallait remettre à plus tard ces importantes acquisitions. Gérald était invité à passer la journée chez un de ses amis de pension nommé Ferdinand Desbordes, et après avoir déjeuné avec son père, il partit pour faire, seul, le trajet qui était assez long.

Il se sentait riche et content. Le temps était beau, les rues pleines d'animation, et tout ce qui s'offrait à ses regards l'amusait. Et les tentations de dépense ! Comment y résister quand on a un louis dans sa poche ?

Gérald ne tarda pas, en effet, à le changer, en faisant l'achat d'un bouquet destiné à la sœur de son ami. L'idée de cette petite galanterie flattait son amour-propre. Il éprouva un agréable mouvement d'orgueil en présentant sa pièce d'or, et en empochant la monnaie d'un air indifférent : une belle somme encore, dix-sept francs cinquante centimes ! Puis il continua son chemin, le long du boulevard, et quoiqu'il eût bien l'intention de ne plus rien dépenser ce jour-là, son attention ne tarda pas à se porter sur une rangée de chaînes de montres, garnies de breloques, qui brillaient au milieu d'un étalage de bijouterie fausse mais étincelante. On lui avait donné pour ses dernières étrennes une montre d'argent qu'il portait suspendue à son cou par un simple ruban noir. Il lui sembla que cette chaîne et ces breloques feraient un effet superbe, et sans se demander si ces ornements dorés iraient bien avec sa montre en métal blanc, et s'ils étaient convenables pour un enfant de son âge, il céda à la tentation.

C'était cher, pourtant : sept francs !

— Eh bien, se dit-il, je n'achèterai pas de cadeau pour ma tante. Il me reste bien assez d'argent pour Laurence et Adèle.

Un peu plus loin, il aperçut à la porte d'une boutique un monsieur et un petit garçon qui marchandaient des cannes. L'enfant paraissait supplier ; le père, après examen, finit par refuser. Les voyant s'éloigner, Gérald éprouva un petit sentiment de triomphe, à la pensée que si la fantaisie lui venait de posséder une de ces cannes, rien ne s'opposerait à l'accomplissement de son désir. Elles étaient fort jolies ; il en demanda le prix ; ce n'était pas énorme : deux francs quatre-vingt-quinze.

— Une occasion superbe ! dit le marchand.

Gérald tira son porte-monnaie et eut le plaisir de faire une nouvelle acquisition aussi inutile que la précédente.

Le voilà donc orné d'une chaîne d'assez mauvais goût, portant d'une main son gros bouquet et de l'autre sa canne qu'il faisait tourner en marchant. Mal lui en prit, car, comme il passait étourdiment devant l'étalage d'un faïencier, la malheureuse canne renversa un vase de porcelaine qui fut brisé. Frappé de stupeur à la vue de ce désastre, Gérald sentit une main se poser lourdement sur son épaule.

— Hé! le beau casseur de vaisselle! dit une grosse voix; avez-vous au moins de quoi payer vos dégats?

— Combien est-ce? demanda Gérald, cherchant à reprendre quelque assurance, car des passants s'étaient arrêtés, et il ne voulut pas paraître déconcerté. Heureusement, il avait de quoi satisfaire la demande, mais je vous assure qu'il arriva chez son ami le cœur un peu lourd en songeant à la misérable petite somme qui restait au fond de sa poche. De plus, en sonnant à la porte, il s'aperçut qu'il avait oublié son bouquet chez le faïencier. Il n'y avait qu'à se résigner à cette perte. A peine la porte fut-elle ouverte que son ami le saisit à bras le corps, en le grondant d'être venu si tard.

— Un instant de plus, s'écria-t-il, nous serions partis sans toi. Tout le monde est prêt; nous allons à Montmorency par le chemin de fer.

Tout en parlant ainsi, Ferdinand entraînait Gérald dans le salon où étaient réunis Monsieur et Madame Desbordes, leurs enfants et quelques amis. L'on se mit en route fort gaîment, et Gérald oublia presque ses motifs de chagrin, dont il n'eut garde de parler à personne, d'autant plus que ses emplettes n'obtinrent pas le succès qu'il en attendait, les breloques surtout; ceux qui les remarquèrent ne firent qu'en rire.

Heureusement il avait de quoi satisfaire la demande

Le voyage fut très agréable. A Enghien, on loua un bateau et l'on fit une charmante promenade sur le lac. Les garçons ramèrent tour à tour, et Gérald se montra assez adroit. A Montmorency, l'on monta à âne, exercice fort amusant ; seulement Gérald, s'étant servi de sa canne neuve en guise de cravache, eut le malheur de la casser.

On dîna au grand air, dans le jardin d'un restaurant champêtre, et la nuit tombait lorsque la joyeuse société revint à Paris. En montant en wagon, Gérald s'aperçut qu'il n'avait plus sa chaîne, ni, chose bien plus triste encore, sa montre. Sa montre! Oh! comme il regrettait le simple ruban noir qui la tenait si sûrement autour de son cou! Il ne savait où, ni quand il avait fait cette perte, n'ayant pas depuis longtemps regardé à sa montre. Un sentiment de honte l'empêcha de se plaindre; au milieu de la gaîté générale, personne ne remarqua son abattement; il dévora silencieusement ses larmes jusqu'à Paris, et ne fut pas fâché, en arrivant chez son ami, d'y trouver le domestique qui devait le ramener à la maison.

Sur la petite table de sa chambre, Gérald trouva une lettre. A l'écriture fine et soignée de l'adresse, il reconnut qu'elle venait de Laurence, et l'ouvrit avec empressement:

« Mon cher Gérald,

« Ta lettre nous a fait bien du plaisir, à Adèle et à moi; nous te félicitons de tout notre cœur. Je suis heureuse d'apprendre que mon oncle t'ait donné cette pièce d'or, parce que je suis sûre que tu vas tenir ta promesse et l'employer d'une bonne et utile manière. Si tu n'as pas encore décidé ce que tu veux en faire, il y a ici pour toi l'occasion de rendre un grand service.

« Tu connais la veuve Martel, qui est si brave femme et si laborieuse. Eh bien, elle a eu un grand malheur : son âne est mort. Elle et Petit-Jean sont très affligés, et ils peuvent bien l'être, car, tu le sais, leur âne était leur gagne-pain, et ils n'ont pas le moyen d'en acheter un autre.

« Mais nous avons appris une chose. La fermière chez laquelle nous sommes allés un jour avec toi manger des fraises et de la crème, a un âne à vendre, un bon petit âne, docile, vigoureux, et qu'elle veut bien donner pour trente francs. Quant à Adèle et à moi, nos économies ne montent qu'à dix francs ; mais si toi, qui es riche, tu veux compléter la somme, tu auras la satisfaction de faire une bonne action, et ce sera une fête pour nous tous de conduire l'âne en triomphe chez la pauvre veuve.

« Pour que tu aies cette lettre plus vite, je la confie à une personne sûre qui va à Paris. Nous espérons recevoir ta réponse demain.

« Ta cousine et amie,

« LAURENCE. »

IV

Gérald lut et relut cette lettre, et le rouge de la honte lui monta au visage. Il oublia tous les plaisirs dont il avait joui pendant la journée, pour se souvenir avec désespoir de l'absurde manière dont son argent avait été gaspillé. Et après toutes les protestations qu'il avait faites ! Oh ! pensa-t-il, comment jamais pourrai-je l'avouer !

La bonne vint chercher sa bougie ; il se coucha, enfonça sa tête sous les couvertures et tâcha de s'endormir, mais c'était impossible.

— Que penseront-elles de moi ? se répétait-il. Et quand il fermait les yeux, il lui semblait voir la douce et sérieuse figure de Laurence et le sourire un peu malicieux d'Adèle. Puis il songea à sa montre et à sa chaîne ; à sa canne, brisée, inutile, jetée dans une haie pour y tenir compagnie aux bonnes baguettes de coudrier qui, sans rien coûter, auraient rendu mille fois plus de services ; à son bouquet fané sur le comptoir du marchand ; au vase cassé, et pleura de rage. Oh ! le bonheur qu'il aurait eu à ajouter sa pièce d'or aux épargnes de ses bonnes petites cousines ! Et il se vit, conduisant l'âne par la bride, et recevant, avec Laurence et Adèle, les remercîments de la pauvre vieille.

La honte, le remords l'accablaient. Comment avouer la vérité ? Il rejeta brusquement sa couverture, se dressa sur son séant et appuya son front sur ses poings fermés. Je me suis promis de rendre un compte fidèle des pensées de Gérald en cette circonstance importante, aussi ferai-je une confession qui me coûte : la tentation lui traversa l'esprit d'écrire à Laurence et de lui donner à entendre qu'il avait disposé de ses vingt francs d'une façon louable. Mais cette pensée ne fut qu'un éclair, car Gérald, malgré tous ses défauts, était un garçon honnête. Par vanité, par forfanterie, il se trompait souvent lui-même, mais au fond du cœur il méprisait le mensonge.

Cependant, malgré son agitation, le sommeil le gagnait ; sa tête retomba sur l'oreiller ; mais au moment de s'endormir, il eut une bonne et consolante inspiration, aussi sa nuit se passa-t-elle avec calme ; sa décision était prise.

Le lendemain matin, aussitôt que son père fut levé, Gérald vint l'embrasser, et lui demanda la permission d'aller voir ses cousines.

— Voir tes cousines, aujourd'hui ! Mais tu dois être encore fatigué de tes courses d'hier. Attends jusqu'à dimanche, et alors je t'accompagnerai.

Gérald insista, respectueusement, mais avec tant de fermeté que son père, qui ne demandait qu'à lui procurer du plaisir pendant ses vacances, le conduisit au chemin de fer, en promettant de le rejoindre le dimanche suivant.

Lorsque Gérald arriva chez sa tante, les deux petites coururent joyeusement au-devant de lui, car, le voyant accourir aussi vite, elles crurent qu'il apportait sa pièce d'or.

— Que tu es gentil de venir au lieu d'écrire ! dit Laurence. Que nous allons être heureux !

— Oh ! il est bon, Gérald ! Je disais bien qu'il est bon ! s'écria Adèle. Sais-tu ? nous avons tout arrangé. C'est toi qui seras le roi de la fête, car c'est juste. Nous irons d'abord à la ferme chercher l'âne (il est beau, si tu savais !), nous l'amènerons ici, et le chargerons d'un pain blanc, d'un poulet froid, de quelques gâteaux et d'une bouteille de bon vin que papa nous a donnée, afin que Petit-Jean et sa grand'mère fassent un festin de réjouissance. Et puis, Laurence fera une belle guirlande de fleurs que nous mettrons au cou de l'âne ; tu le prendras par la bride, et nous le conduirons en cortège à la chaumière. Figure-toi leur surprise, leur joie, à ces pauvres gens !

Et Adèle se mit à sauter et à gambader comme un petit faon.

Malheureux Gérald ! la difficulté de sa tâche dépassait encore ses prévisions. Un moment il se repentit d'être venu; au moins, s'il eût écrit, la vue du désappointement que ses cousines allaient éprouver lui eût été épargnée. Il fallut s'exécuter pourtant, Gérald le fit sans détour :

— Laurence et Adèle, dit-il d'une voix émue, je suis très malheureux. Vous n'aurez plus la moindre estime pour moi, vous ne m'aimerez plus. Je ne vous apporte rien.

— Rien ! s'écria Adèle, stupéfaite.

Laurence ne fit aucune exclamation ; voyant son cousin fort triste, son premier mouvement était de le plaindre. Lui posant sa main sur l'épaule, elle lui dit avec douceur :

— Nous t'aimerons toujours. Si tu as fait quelque chose de mal, je suis sûre que tu en es bien fâché.

— Je vais tout vous dire ! s'écria Gérald avec impétuosité ; car en regardant cette figure douce et sérieuse comme il se l'était imaginée la veille, et en voyant des larmes dans les yeux d'Adèle, si brillants de joie un instant avant, il se sentait en colère contre lui-même. Je vais tout vous dire, mais vous ne me pardonnerez pas, il ne faut pas que vous me pardonniez ; je suis un imbécile, et je mérite que vous m'appeliez un sans-cœur !

Et il fit sa confession depuis le commencement jusqu'à la fin, sans rien atténuer, sans chercher à s'excuser. Je ne puis dire que ses cousines ne le blâmèrent pas ; Adèle, surtout, qui avait bâti un tel rêve de bonheur sur la pièce d'or, ressentit un vif chagrin. Mais, témoin du profond et sincère regret de Gérald, Laurence chercha à le consoler, et Adèle suivit l'exemple de sa sœur.

— Et ton père ? dit Laurence enfin. Sait-il ? Gérald secoua la tête négativement.

— Mais il faut qu'il le sache. D'abord tu ne saurais lui cacher que tu as perdu ta montre, et puis il te demandera à quoi tu as employé tes vingt francs.

Gérald, assis sur un banc de gazon, resta le visage caché dans ses mains et ne répondit rien.

— Pauvre Gérald ! dit Adèle avec un soupir. Je suis sûre que si tu avais une autre pièce d'or, tu ne la dépenserais pas ainsi.

— Oh ! je n'en sais rien ! répondit Gérald, d'un accent de si profond découragement, que ses bonnes petites cousines n'eurent plus d'autre pensée que de le distraire. Elles le menèrent à leur jardin, lui demandèrent son aide pour y réaliser certains projets, et pendant toute cette journée et la suivante, il ne fut plus question de la mère Martel ni de son âne.

Le dimanche, le père de Gérald, M. Saint-Clair, arriva. Gérald, qui avait été fort sérieux toute la matinée, choisit un moment favorable, et le pria de venir dans le jardin avec lui et ses cousines. Là il lui raconta tout.

M. Saint-Clair l'écouta avec bonté, et lui sut gré de son entière franchise.

— J'espère et je crois, Gérald, dit-il, que cette leçon te sera utile tant que tu vivras.

— Je n'ai pas fini, dit Gérald, après un silence de quelques instants, et prenant la main de son père au moment où celui-ci allait s'éloigner :

— Tu n'as pas fini ?

— Non, père. Je suis décidé à te demander quelque chose. Il n'est pas juste que mes cousines souffrent par ma faute ; elles ont déjà eu assez de chagrin de la déception que je leur ai causée. Aussi, je te serais bien, bien reconnaissant si tu voulais leur avancer la somme nécessaire pour acheter l'âne.

— Oh ! Gérald ! s'écrièrent ensemble Laurence et Adèle.

— Mais, bien entendu, c'est moi qui payerai, car je te prie, père, de ne pas me donner un centime de l'argent que j'ai toutes les semaines pour mes menus plaisirs, jusqu'à ce que la somme de vingt francs soit entièrement remboursée.

— Tu as raison, mon fils, dit M. Saint-Clair ; avouer ses fautes ne suffit pas ; il faut encore les réparer.

Et il tira de sa bourse une pièce d'or que Gérald mit aussitôt dans la main de Laurence.

L'âne fut acheté. Le porte-monnaie de Gérald resta vide pendant près de cinq mois, mais on n'entendit pas une seule fois le brave garçon s'en plaindre. Il ne trompa donc pas la confiance de son père ; et, avec l'aide et les bons conseils de ses chères petites cousines, il profita dignement de la leçon que lui avait donnée sa première pièce d'or.

CE QUE DISENT LES PAQUERETTES

CE QUE DISENT LES PAQUERETTES

I

— Il fait bien froid aujourd'hui, dit Madame Valmont, écartant le rideau de la fenêtre et regardant le ciel terne et gris. Le temps n'est guère favorable, ma pauvre Marie, pour la longue course que tu dois faire. Remettons-la à demain.

— Oh! chère maman, ne crains rien! Je marcherai vite et je n'aurai pas froid. Cachète ta lettre pendant que je finirai de ranger la chambre, et je crois, oui, je crois vraiment que je te rapporterai une bonne réponse.

Tout en causant, la petite fille, — elle n'avait pas encore treize ans, — acheva de balayer les miettes tombées par terre pendant le déjeuner. Puis elle épousseta et rangea les meubles, ranima le feu et mit à portée de sa mère toutes les choses dont elle pouvait avoir besoin, car Madame Valmont était faible et souffrante, et le moindre effort la fatiguait.

Marie aimait tendrement sa mère et la soignait avec une intelligence au-dessus de son âge. Depuis la mort de son mari, arrivée deux ans auparavant, Madame Valmont avait appris à connaître la pauvreté. Douée d'un véritable talent d'artiste, elle s'était d'abord courageusement tirée de peine, en donnant des leçons de dessin, en faisant des illustrations pour livres et des portraits en miniature. Marie, afin de lui laisser plus de temps, s'était faite ménagère; et quelle bonne petite ménagère! Elle entretenait l'ordre dans la maison, préparait les repas, raccommodait le linge, et trouvait encore le temps de lire et d'étudier, tandis que Madame Valmont, tout en dessinant, lui enseignait bien des choses utiles. Toutes deux étaient heureuses de cette vie simple et laborieuse, lorsque, dans les premiers jours d'un hiver long et rigoureux, la maman tomba malade. Elle garda le lit pendant plus de deux mois. Sa convalescence fut longue et pénible. De cruelles inquiétudes retardaient son retour à la santé. Les dépenses de la maladie, la perte de ses leçons et de ses autres occupations l'avaient réduite à une gêne effrayante ; elle tremblait en pensant aux privations qui les menaçaient.

Aussi, après beaucoup d'hésitation, se décida-t-elle à recourir à un riche négociant qui avait connu son mari.

— M. Durand ne refusera pas, se disait-elle, de me prêter une petite somme que je lui rendrai dès que je pourrai me remettre à travailler.

Elle écrivit donc une lettre que Marie se chargea de porter. M Durand habitait, avec sa femme et sa fille, une fort jolie maison à une demi-lieue de la ville.

Il faisait froid, en effet, ce jour-là. L'hiver touchait à sa fin, du moins le calendrier le disait, mais aucun signe du printemps ne se montrait, ni dans le ciel couvert d'un nuage uniforme, ni sur les arbres nus, ni dans les champs où rien ne verdissait encore. La gaieté un peu forcée avec laquelle Marie avait tâché de distraire sa mère, s'évanouit lorsqu'elle se trouva seule sur la route déserte qui conduisait chez M. Durand.

— Quel triste hiver! murmura-t-elle. Quand donc les beaux jours viendront-ils rendre la santé à ma mère!

Elle la cueillit et continua son chemin.

Pendant qu'elle marchait, les yeux à terre, ses regards tombèrent sur un objet dont la vue lui causa un vif plaisir. Bien des personnes auraient passé sans y faire attention; ce n'était qu'une pâquerette ; mais Marie la regarda avec une douce émotion, parce que c'était la première qu'elle voyait cette année-là. Cette petite fleur, si jolie dans sa simplicité, avec son disque d'un jaune vif, et le cercle parfait de ses pétales fins et blancs pointés de rose, semblait se trouver sur son passage pour lui inspirer, au milieu de sa tristesse, une pensée d'espoir. Se baissant, elle la cueillit et continua son chemin d'un pas plus léger.

Cependant, son cœur battit avec force lorsqu'elle aperçut, à travers les arbres, la blanche façade de la maison de M. Durand. — Comment me recevra-t-il? se demanda la pauvre enfant. Oh! mon Dieu! faites que je puisse porter à ma mère le soulagement dont elle a tant besoin!

Mais, malgré son anxiété, elle éprouva du plaisir à la pensée de voir la fille de M. Durand, qui était à peu près de son âge. Hortense était si jolie, si gracieuse, portait des robes si élégantes et jouait si bien du piano! Marie, qui ne savait pas ce que c'est que l'envie, et chez qui l'amour du beau s'unissait à un caractère affectueux et sociable, la trouvait charmante.

Elle arriva. Un domestique en livrée la fit entrer dans un salon où se tenait Madame Durand, assise sur une causeuse, près du feu, et s'entretenant avec une de ses amies. Madame Durand accueillit poliment Marie et lui demanda des nouvelles de sa mère.

— Maman est toujours souffrante, Madame. J'apporte une lettre d'elle pour M. Durand, répondit Marie d'une voix timide.

— M. Durand est dans son cabinet. Jean, dit Madame Durand au domestique, portez cette lettre à Monsieur et dites-lui qu'on attend la réponse. — Asseyez-vous là, mon enfant; vous devez avoir froid.

Marie prit la chaise qu'on lui indiquait, et pendant que les deux dames continuaient de causer ensemble, elle regarda les objets de luxe qui l'entouraient. Enfin, son désir de voir Hortense lui donna le courage de profiter d'une pause dans la conversation, pour demander si la jeune fille était à la maison.

— Mais oui, répondit Madame Durand, et elle sonna.

— Ma fille a-t-elle fini sa leçon de musique? demanda-t-elle au domestique.

— Oui, Madame. Mademoiselle est dans la serre.

— Eh bien, ma petite, allez-y. Hortense sera charmée de vous voir, reprit Madame Durand, se tournant vers Marie, qui se leva toute contente.

La serre chaude était située à l'extrémité d'une véranda qui longeait toute la façade de la maison. C'était la première fois que Marie la voyait; et en y entrant, elle fut frappée d'admiration. Quel splendide contraste avec la pauvreté et la nudité des champs et des jardins!

La serre, assez vaste, était entourée de gradins couverts de la riche végétation des tropiques; des feuilles gigantesques, des fleurs aux formes étranges, aux couleurs éclatantes, répandaient les plus suaves odeurs. Des plantes grimpantes s'étalaient sur les parois vitrées; des cactus bizarres tordaient en tous sens leurs tiges pareilles à des serpents; des plantes merveilleuses, dont les racines n'ont pas besoin de terre, pendaient au plafond. Le milieu de la serre était occupé par une table de marbre creusée d'un petit bassin où croissaient quelques végétaux aquatiques, et d'où un jet d'eau tombait en pluie fine sur les fleurs épanouies à l'entour.

— Oh! que c'est beau! s'écria Marie avant d'avoir répondu à l'accueil d'Hortense.

— Tu es gentille d'être venue me voir, dit celle-ci en

l'embrassant. Justement je m'ennuyais. Mais qu'as-tu donc là ? Voilà une précieuse fleur, une pauvre petite pâquerette !

— Elle est précieuse pour moi, reprit Marie. Quand je l'ai aperçue, je me suis sentie toute joyeuse; elle me dit que le printemps va venir.

— Oh ! je ne suis pas si impatiente, moi, de voir la fin de l'hiver.

— Il est cependant bien long cette année.

— Mais bien amusant aussi. J'ai été à je ne sais combien de bals d'enfants. Oh ! j'aime beaucoup l'hiver, et si je ne puis aller dans le jardin, tu vois que je ne suis pas privée de fleurs.

A ce moment les yeux de Marie étaient fixés sur un camélia rose et blanc dont la beauté absorbait son attention.

— Oh ! oui, dit-elle enfin. Je crois que si j'étais à ta place, je passerais presque tout mon temps dans cette serre. Il y fait toujours cette bonne chaleur ?

— Toujours; sans cela les plantes mourraient. Elles viennent de pays très chauds, et même en été notre climat est trop froid pour beaucoup d'entre elles.

— Voilà une délicieuse fleur ! dit Marie en indiquant un petit arbuste couvert de fleurs d'un rose délicat.

— C'est une weigélie rosée, répondit Hortense.

Elle en cueillit une petite branche et l'offrit à Marie qui la mit à côté de sa pâquerette.

— Comment ! s'écria Hortense, tu gardes encore ta pâquerette ? Jette-la, je t'en prie. Si elle pouvait parler, elle te dirait que cela l'intimide d'être en si belle compagnie.

— Mais non, répondit Marie; je tiens à ma fleur. Elle est modeste et simple, mais bien gentille aussi.

— Gentille, oui! dit Hortense avec une moue dédaigneuse. C'est comme si l'on mettait une paysanne avec son jupon de toile rayée, son fichu et ses sabots à côté d'une belle princesse parée pour une fête. Allons jette-la.

— Non, non, répéta Marie. Et quoiqu'elle eût l'air de jouer, elle résista sérieusement aux efforts d'Hortense qui cherchait à s'emparer de la pâquerette. Si tu insistes, je finirai par te dire que j'aime mieux ma petite paysanne que toutes tes grandes dames.

— Tu n'oserais pas ! s'écria Hortense, moitié riant, moitié fâchée; ou tu as bien mauvais goût.

— Non, Hortense, je trouve tes fleurs bien belles et je ne me lasserais pas de les admirer. Mais j'aime la pâquerette parce qu'elle me semble bonne; c'est presque de l'amitié que j'éprouve pour elle.

— Voilà une drôle d'idée !

— J'étais si triste tout à l'heure en marchant le long de la route pour venir ici, et tu ne te figures pas combien la vue de cette chère petite fleur m'a consolée Il me semblait qu'elle me souriait, qu'elle me disait tout bas : « Aie courage, les beaux jours vont revenir ; ta mère sera guérie. » En la regardant, j'ai oublié un instant que le temps est gris et froid, tant j'ai pensé avec bonheur aux arbres couverts de feuilles et au soleil brillant dans le ciel bleu.

— Tu parles comme un livre. J'avoue que je n'aurais jamais su trouver tant de choses dans une de ces fleurettes que je foule aux pieds sans les voir, et dont nous ne voulons même pas sur nos pelouses, parce qu'elles abîment le gazon.

— Libre à vous qui avez tant de belles choses de mépriser les pâquerettes ; moi, je les aime parce qu'elles sont pour tout le monde : pour moi, qui n'ai pas de jardin ; pour les enfants pauvres, qui ne voient jamais de fleurs comme les vôtres, mais qui peuvent cueillir dans les champs autant de bouquets de pâquerettes qu'ils en veulent.

Hortense écouta Marie sans faire grande attention à ses paroles ; elle était préoccupée de l'idée de lui dérober sa pâquerette. Elle s'approcha donc furtivement, tendit la main, mais, dérangée par un mouvement subit de Marie, saisit, au lieu de la pâquerette, la weigélie, dont la fleur se brisa dans ses doigts.

Au même instant, la porte de la serre s'ouvrit, et M. Durand parut.

— Bonjour, mademoiselle Marie, dit-il en lui remettant une lettre. Voici un petit mot que je vous prie de remettre à Madame votre mère. Présentez-lui en même temps mes compliments, et dites-lui que je regrette infiniment de ne pouvoir faire ce qu'elle me demande.

Marie prit la lettre d'une main tremblante, et après avoir salué M. Durand sans trouver le courage de lui parler, se tourna vers Hortense et lui dit adieu.

— Oh ! ne t'en va pas encore ! s'écria vivement la jeune fille frappée, malgré son étourderie, de la pénible émotion de Marie.

— Ma mère aura besoin de moi ; elle est souffrante, répondit celle-ci, et elle partit.

— Oh ! papa ! fit Hortense, levant sur son père un regard plein de tristesse et de reproche.

II

Quand la grille dorée du jardin se fut refermée et que Marie se trouva sur la route, une lourde tristesse tomba sur son cœur. Elle songea à sa mère qui attendait son retour dans une si grande anxiété et apprendrait, rien qu'en la regardant, qu'il ne fallait plus espérer. Puis elle pensa aux privations auxquelles cette mère chérie allait être plus que jamais condamnée. Marie se rappela, non sans quelque amertume, l'élégant salon de Madame Durand, les moelleux tapis, les grands fauteuils capitonnés, et ce souvenir la fit soupirer. Puis ses yeux se remplirent de larmes et, se reprochant ce qu'elle appelait sa poltronnerie :

— J'aurais dû parler à M. Durand ; pour ma mère j'aurais dû l'oser. Si je l'avais prié, si je lui avais bien dit comme maman est encore faible, comme nous sommes tourmentées...

Mais elle s'arrêta, et une vive rougeur monta à son front. Il sait, pensa-t-elle, que nous sommes très pauvres ; il croit que nous ne lui rendrions pas... Si je l'avais prié, il m'eût peut-être traitée de mendiante... Ah ! si j'étais plus grande et plus instruite ! Je travaillerais, je gagnerais de l'argent, et nous ne demanderions rien à personne.

La bonne petite essuya les larmes qui obscurcissaient sa vue, et regarda la pâquerette qu'elle tenait toujours à la main.

— Chère petite, murmura-t-elle, il est bien vrai que je

t'aime mieux que ces belles et orgueilleuses fleurs étalées dans la serre d'Hortense. Il me semble que tu me regardes avec amitié, que tu as de la sympathie pour moi. Tu es ma seule consolation dans cette triste promenade.

En ce moment, Marie rencontra, autournant du chemin, une petite fille qu'elle reconnut. C'était une enfant de sept ans, aux grands yeux bleus, à la chevelure blonde dont les boucles s'échappaient de dessous un petit bonnet de laine brune. Il fallait qu'elle fût bien jolie pour paraître telle sous ses vêtements misérables! Sa robe, soigneusement rapiécée, était étroite et usée, et ses petits pieds chaussés de vieux souliers beaucoup trop grands. Marie la reconnut pour la fille d'une pauvre femme qui venait travailler dans la maison en face de celle où elle demeurait. Charmée de la gentillesse de cette enfant, elle l'avait souvent caressée, et lui avait maintes fois causé de la joie en lui donnant des images ou de petits chiffons.

— Bonjour, Nini, dit-elle.

— Bonjour, Mademoiselle, répondit la petite, souriant de plaisir.

— Où vas-tu, toute seule ?

— Maman m'a envoyée sur la route, ramasser un peu de bois mort pour faire du feu.

— Vous n'avez donc pas de bois chez vous?

— Non; et ma sœur Louise est bien malade. Il faut que maman lui fasse de la tisane.

Louise avait treize ans ; Marie savait que c'était une douce et laborieuse enfant, aussi fut-elle bien fâchée d'apprendre qu'elle était malade.

— Je vais t'aider, dit-elle ; et au bout de quelques minutes les deux enfants avaient réuni un si gros paquet de petites branches que Nini ne pouvait le porter.

— J'irai avec toi, dit encore Marie ; et attachant sa

Elle se chargea de la plus grosse part du fardeau.

pâquerette sur sa robe au moyen d'une épingle, elle se chargea de la plus grosse part du fardeau et prit, avec Nini, le sentier étroit et boueux qui conduisait à la demeure de celle-ci.

Bientôt elles arrivèrent à la porte d'une misérable chaumière. Marie fut frappée d'une triste surprise en voyant l'intérieur de cette habitation qui paraissait consister en une seule chambre, à peine éclairée par une petite fenêtre. Le sol était aussi inégal, aussi mal pavé qu'une rue de village ; une mauvaise table, plusieurs escabeaux, une chaise de paille, une vieille huche au pain et quelques planches supportant divers ustensiles de ménage paraissaient, au premier abord, composer tout l'ameublement ; à mesure que les yeux s'accoutumaient à la demi-obscurité qui régnait au fond de la chambre, on y distinguait deux ou trois misérables couchettes.

Sur l'unique chaise, au coin de la cheminée froide, était assise une vieille femme, courbée par l'âge. Une autre, la mère de Nini, était à genoux devant l'âtre, et s'efforçait de ranimer des cendres presque éteintes. Elle se retourna vivement quand la porte s'ouvrit :

— Allons, Nini, vite !

Elle s'arrêta, surprise, à la vue de Marie, qui portait, comme la petite, une brassée de branches mortes.

— Maman, dit Nini, c'est la bonne demoiselle qui demeure en face de Madame Bertrand, et qui m'a donné tant de jolies choses.

La pauvre femme se leva et remercia Marie, qui, toute émue de la misère qu'elle voyait, répondit en balbutiant :

— J'ai voulu lui aider, Madame... elle est si petite... elle m'a appris que sa sœur est malade...

La malheureuse mère fondit en larmes, et, prenant la main de Marie, lui indiqua, sans parler, le lit où était couchée sa fille.

Marie se sentit attirée vers Louise par une vive et tendre sympathie; elle s'approcha du lit et se pencha sur la malade. Les yeux de l'enfant étaient fermés, son doux et pâle visage portait l'empreinte de longues souffrances. Marie craignait de la troubler, mais Louise ne dormait pas, au bout d'un instant elle fit un long mouvement.

— Se-sœur, dit doucement la petite Nini, voici une gentille demoiselle qui vient te voir.

Louise ouvrit les yeux. La vue de Marie parut lui faire plaisir, car elle sourit.

— Me reconnaissez-vous? demanda Marie; je suis bien fâchée de vous voir si malade.

— Oui, je vous reconnais. — La voix de Louise était très faible, mais elle avait toute sa connaissance. — Nini vous aime. Vous êtes bonne de venir.

La mère s'approcha du lit, tenant une tasse à la main.

— Pauvre mère, dit Louise, je te donne beaucoup de mal... mais ce sera bientôt fini. Ne pleure pas, maman, c'est pour le mieux. Pauvre bonne mère, embrasse-moi.

Elle tendit les bras et essaya de se soulever, mais l'effort était au-dessus de ses forces; elle devint encore plus pâle, et s'affaissa.

— Oh! mon Dieu, mon enfant se meurt! s'écria la pauvre femme désespérée.

A ces mots, la vieille grand'mère releva la tête et regarda autour d'elle avec effroi, et la petite Nini poussa un cri lamentable. Mais Louise rouvrit les yeux, et murmura en frissonnant:

— J'ai froid!

Marie ôta vivement son manteau et l'étendit sur le lit; puis elle prit les mains glacées de la malade et les frotta entre les siennes.

— Et le médecin qui ne vient plus ! s'écria la pauvre mère.

— Oh ! si j'avais de l'argent ! murmura Marie. Mais c'est égal ; le médecin de maman est bon ; il viendra vous voir.

— Dieu vous récompensera ! reprit la mère avec ferveur.

— Le médecin ne me guérira pas, reprit l'enfant avec résignation. Mais vous êtes bonne, ajouta-t-elle, en pressant faiblement la main de Marie, je vous aime ; je penserai à vous jusqu'à mon dernier moment.

— Je reviendrai vous voir demain.

— Restez encore un peu. Maman, ouvre la porte un instant pour que je la voie bien.

La mère obéit, et Louise, tenant toujours la main de Marie, la regarda longtemps. Marie sentit ses yeux se remplir de larmes, et pour les cacher à Louise, se pencha sur elle et la baisa au front. Alors Louise aperçut la petite fleur attachée sur sa robe.

— Une pâquerette ! dit-elle.

— La voulez-vous ? demanda Marie, la détachant aussitôt.

La malade la prit avec un sourire et la porta à ses lèvres. — Vois-tu, mère, le printemps vient ; vous serez plus heureuses. Puis ses yeux se fermèrent et elle parut s'endormir.

Alors Marie songea à sa mère à elle qui devait l'attendre avec inquiétude, et se disposa à partir.

— Je reviendrai demain voir Louise, dit-elle à voix basse ; et j'espère pouvoir vous envoyer le médecin.

Elle embrassa la petite Nini et se dirigea doucement vers la porte.

— Mademoiselle, vous oubliez votre manteau, observa la pauvre femme, le prenant sur le lit.

— Non, non ; gardez-le jusqu'à demain. Je crois que je pourrai vous apporter une petite couverture, et alors vous me le rendrez.

— Mais vous aurez froid...

— Oh ! je suis en retard ; je courrai si vite que je me réchaufferai. Je ne suis plus bien loin...

Et sans vouloir rien écouter, elle s'échappa, suivie des bénédictions de la pauvre femme.

III.

Marie eut bientôt regagné la route, et là, en effet, elle marcha si rapidement qu'au bout de quelques minutes, le manque d'haleine la força de ralentir le pas. Le jour commençait à baisser, et cependant le ciel était moins sombre que le matin ; l'air était certainement moins froid, le vent avait changé sans doute. Marie s'en félicita, moins pour elle, quoiqu'elle fût sans manteau, que pour cette malheureuse famille qui n'avait ni feu, ni bons vêtements, ni chaudes couvertures.

— Ah ! pensa-t-elle, si ces pauvres gens avaient le bon poêle toujours allumé pour chauffer la serre d'Hortense ! Pauvre Louise ! elle vaut pourtant bien plus qu'un camélia. Et moi qui me plaignais ; combien nous sommes heureuses, comparées à Louise et à sa mère !

Et pourtant le souvenir lui vint de la lettre qu'elle avait dans sa poche, et son cœur se remplit d'inquiétude et de tristesse :

— Hélas ! Si, par suite de ses chagrins, maman retombe malade, que deviendrons-nous ? Il nous faudra vendre tout ce que nous possédons, nous ne pourrons jamais payer notre loyer, et qui sait si nous ne finirons pas par habiter une demeure aussi misérable que cette chaumière !

En ce moment, arrivée au coin de la rue, elle vit briller une lumière dans la chambre où sa mère l'attendait, déjà, peut-être avec inquiétude. Il lui tardait bien d'être auprès d'elle, mais, songeant à la pauvre Louise, à sa promesse, elle pressa ses pas fatigués et franchit la distance, heureusement peu considérable, qui la séparait de la maison du médecin.

Qu'il est bon de se retrouver chez soi ! Marie le sentit en entrant dans la modeste et tranquille chambre dont l'atmosphère semblait pleine de calme et de repos. Un petit feu clair brûlait dans l'âtre et Mme Valmont, malgré sa faiblesse, avait apprêté le repas du soir.

— Te voilà, mon ange ! s'écria-t-elle avec joie.

— Maman, tu as été inquiète ; pardonne-moi, dit Marie en l'embrassant.

— Je pensais que probablement Mme Durand et sa fille t'avaient retenue, et que, bien certainement, on ne te laisserait pas revenir seule.

— Oh ! maman, je ne serais pas restée ; j'avais trop hâte de te revoir.

— Que t'est-il donc arrivé ? Ton manteau, où est-il ?

— Il n'est pas perdu. Je vais te dire...

Elle ôta son chapeau et vint s'asseoir sur une chaise basse, près de sa mère.

Mme Valmont prit la tête de sa fille entre ses mains, la baisa au front et puis fixa sur elle un long regard. Marie lut l'anxiété dans ces yeux creux et fatigués, et ses propres yeux se remplirent de larmes.

— Tu n'as rien de bon à me dire, dit Mme Valmont, enfin !

Marie secoua tristement la tête, puis tira la lettre de sa poche et la donna sans trouver la force de répéter les paroles banales dont M. Durand l'avait chargée.

— Il refuse, dit la pauvre femme d'une voix faible. Eh bien, je n'avais pas trop espéré... Préparons-nous, ma douce Marie, aux tourments qui nous menacent.

La mère et la fille se tinrent longtemps serrées dans les bras l'une de l'autre.

— Chère maman bien-aimée, console-toi. Malgré tout j'ai de l'espoir au fond du cœur. Si je pouvais te le donner ! D'abord, j'ai à te dire que le temps s'est beaucoup adouci ; si cela continue, demain il faudra que tu ailles prendre un peu l'air ; cela te donnera des forces.

— Chère enfant ! et Mme Valmont sourit parce que sa fille souriait. Ma consolation, toujours ! Mais tu dois être affamée ; commençons par souper, et puis tu me feras le récit de ta promenade.

Marie fut très longtemps à s'endormir ce soir-là ; son esprit était tellement préoccupé des événements de la journée, qu'elle ne put trouver le calme nécessaire au sommeil. Cependant, la fatigue finit par l'emporter sur l'agitation, et ses paupières appesanties se fermèrent tout à fait.

Alors elle eut un rêve.

Il lui semblait qu'elle se promenait seule dans un beau jardin. De tous côtés s'épanouissaient des fleurs admirables, et entre les plates-bandes et les massifs, s'étendaient, à perte de vue, des pelouses couvertes de pâquerettes.

L'air était plein de parfums et les sons d'une musique douce, mais vague, arrivaient à l'oreille de Marie. Elle se sentait calme et heureuse; une chose seulement la troublait, c'était la crainte, en marchant sur le gazon, d'écraser les pâquerettes. Mais elle fut bientôt rassurée, car à mesure qu'elle avançait, les blanches petites fleurs se détachaient sans effort du sol, s'élevaient dans l'air, et, devenues brillantes comme des lucioles, s'en allaient flotter au-dessus des parterres.

Pendant que Marie contemplait avec ravissement ce charmant spectacle, elle vit venir deux jeunes filles qui se tenaient par la main ; c'étaient Hortense et Louise !

Rien pourtant ne semblait changé dans leurs positions respectives. Hortense était habillée avec son élégance habituelle. Louise portait ses humbles vêtements. Hortense avait orné de fleurs rares ses belles nattes soyeuses ; Louise, pâle comme Marie l'avait vue le jour même, avait, comme alors, le visage encadré par ses cheveux échappés en désordre de la petite coiffe de nuit. Elles s'avançaient sur la pelouse unie, et les pâquerettes s'élevaient aussi à leur approche, mais, au lieu de s'éparpiller au-dessus des plates-bandes, se groupaient pour former une couronne lumineuse sur le front de Louise dont le visage, ainsi éclairé, prenait une expression céleste. Marie vit alors que les fleurs d'Hortense s'étaient fanées et que ses traits étaient pleins de tristesse.

Toutes deux, cependant, sourirent en s'approchant de Marie ; toutes deux lui tendirent affectueusement la main. et la petite dormeuse s'élança à leur rencontre avec un si vif mouvement de joie qu'elle s'éveilla.

Il faisait grand jour, et un doux visage se penchait sur

son lit, le visage de sa mère. Marie la regarda un instant en silence, puis poussa une exclamation de joie.

— Oh ! mère chérie, tu te portes mieux, je le vois !

En effet, le teint de Mme Valmont ne présentait plus l'excessive pâleur que la maladie y avait laissée, et ses yeux, si abattus encore la veille, brillaient d'un doux éclat.

— Ma fille, mon enfant chéri ! dit-elle en l'embrassant, tu avais raison ; le printemps est venu.

Mme Valmont alla ouvrir les rideaux de la fenêtre, et Marie vit le ciel bleu.

— Lève-toi, reprit la mère, et viens respirer l'air ; il est délicieux.

— Oh ! mère, s'écria Marie en se dépêchant de mettre ses bas ; quel bonheur de te voir levée avant moi ! Mais j'ai un peu honte aussi. Comment se fait-il que je sois si paresseuse ce matin ?

— Tu étais fatiguée hier soir. Je suis venue, il y a une heure, te regarder. Tu dormais si paisiblement que je n'ai pas voulu te réveiller, bien que j'eusse...

— Quoi donc ?

— Une bonne nouvelle à te dire.

— Une bonne nouvelle ! Oh ! maman.

— Te rappelles-tu un vieil oncle de ton père qui t'aimait beaucoup quand tu étais petite ?

— L'oncle Raoul ? Oui, maman, je me souviens bien de lui. Il était très bon.

— Oui ; ton cher père, orphelin depuis son enfance, avait trouvé un second père dans son oncle ; il l'aimait et le respectait beaucoup. Cependant ils se brouillèrent ; une différence d'opinion excita à tel point la colère de l'oncle

Raoul, qu'il jura de ne plus nous revoir jamais. Cette injuste décision nous a causé bien des souffrances ; plusieurs fois, avant et depuis la mort de ton père, j'ai essayé d'arriver à une réconciliation, mais en vain. Et maintenant il est trop tard, ajouta Mme Valmont, dépliant une lettre qu'elle tenait à la main, l'oncle Raoul est mort.

Marie regarda sa mère avec curiosité, ne comprenant pas que ce pût être là cette bonne nouvelle qu'on lui annonçait.

— Non, mon enfant, reprit Mme Valmont, répondant au regard de sa fille. Je ne me réjouis pas de la mort de notre oncle; je regrette que nous n'ayons pu être près de lui à ses derniers moments; mais je me réjouis, parce qu'avant de mourir il s'est repenti de son injustice, parce que tout sentiment d'inimitié s'est éteint dans son cœur, et qu'il a prononcé plusieurs fois avec tendresse le nom de sa petite nièce, Marie.

— J'en suis bien contente, maman, dit Marie, les yeux pleins de larmes.

— De plus, comme il ne laisse ni femme ni enfants, il nous lègue une partie de sa fortune. Désormais, ma fille, nous sommes presque riches.

— Oh ! maman, s'écria Marie, serrant sa mère dans ses bras. C'est bien vrai, tu vois, le printemps vient et nous amène le bonheur. Tu ne t'épuiseras plus à travailler ; tu auras un joli salon avec un tapis et des fauteuils comme ceux de Mme Durand, et des fleurs et de beaux tableaux, tout ce que tu aimes.

— Allons, ma chérie, tu veux me rendre égoïste et paresseuse, dit Mme Valmont en souriant. Quant à toi, j'entends que tu travailles beaucoup, tu auras un piano, tu prendras des leçons de bons professeurs, je pourrai te procurer quelques-uns des avantages dont tu as été privée.

IV

Elles étaient heureuses, la mère et la fille. Le déjeuner se prolongea indéfiniment au milieu de projets charmants. Enfin, comme Mme Valmont s'amusait à esquisser sur une feuille de papier le plan de la petite maison qu'elle rêvait pour leur demeure future, Marie saisit tout à coup la main de sa mère.

— Qu'as-tu, mon enfant? dit celle-ci en tressaillant.

— Maman, dit Marie tristement, j'ai peur...

— De quoi donc?

— J'ai peur que le bonheur ne me rende égoïste. Ce matin, je n'ai pas pensé une seule fois à Louise. Tu veux bien, n'est-ce pas, que je retourne la voir, comme je le lui ai promis?

— Tu as raison, Marie. Je m'avoue coupable, comme toi, d'avoir oublié ces pauvres gens, et pourtant la pensée de cette malheureuse mère pleurant sur son enfant malade m'a poursuivie toute la nuit. Oh ! ma bien-aimée, défions-nous de nous-mêmes ! Mieux vaudrait passer notre vie dans une misère sans espoir, mieux vaudrait mourir de faim que de jouir d'une prospérité dans laquelle nos cœurs s'endurciraient.

Marie s'était levée; mais, en écoutant les paroles de sa mère, elle resta immobile et silencieuse, les yeux pensifs. Au bout d'un instant, cependant, son front s'éclaircit.

— Maman, il est bien bon de penser que maintenant nous allons pouvoir faire du bien à Louise et à sa mère. Au moins ce matin je pourrai leur donner une espérance.

Pendant que Marie s'apprêtait à sortir, et faisait un paquet de la petite couverture promise, sa mère arrangeait dans un panier quelques objets qui devaient être utiles à la pauvre famille. Puis elle embrassa sa fille en lui disant :

— Va, et ne sois pas triste. J'espère, je crois que ma petite Marie ne deviendra pas égoïste.

Marie partageait humblement, mais avec une certaine confiance, ce consolant espoir. Elle se sentait heureuse; comment ne pas l'être en comparant la journée d'aujourd'hui avec celle d'hier? En une seule nuit, le printemps, avec sa tiède haleine, avait ranimé la terre engourdie. Le soleil brillait, l'air était plein de ces vagues senteurs qui annoncent le réveil de la végétation. Le cœur de Marie débordait de reconnaissance et de joie; elle eût voulu faire partager son bonheur à tout ce qui l'entourait.

Cependant, lorsqu'elle entra dans le petit sentier qui conduisait à la chaumière, toutes ses pensées se fixèrent sur la famille qu'elle allait visiter. Mais quoiqu'elle songeât avec anxiété à Louise, la joie l'emportait encore sur la tristesse; il lui semblait impossible que ce beau temps n'eût pas fait de bien à la malade, et puis elle se répétait, avec une douce satisfaction, les paroles consolantes qu'elle avait à lui dire.

La porte de la chaumière était ouverte, mais personne ne se montrait sur le seuil. En entrant, Marie ne vit d'abord que la vieille grand'mère, assise, comme la veille, au coin de l'âtre vide, et roulant les grains d'un chapelet entre ses doigts tremblants. Un profond silence régnait dans la chambre. Le cœur de Marie fut saisi d'un sentiment indéfinissable de crainte. Elle s'approchait du lit, lorsqu'un sanglot déchirant frappa son oreille ; elle vit alors la mère de Louise affaissée dans un coin sombre, la tête courbée sur ses mains jointes.

Va! chère petite Marie, garde pour une autre fois tes paroles de consolation et d'espoir. On ne console pas une mère qui vient de perdre son enfant! Les souffrances de Louise sont finies pour toujours.

En revenant chez sa mère, Marie cueillit trois pâquerettes, nouvellement écloses à la place même où elle en avait cueilli une la veille. Ces petites fleurs lui rappelaient son rêve, et elle continua son chemin à pas lents, les regardant à travers le nuage causé par des larmes.

— Louise est heureuse maintenant!

Marie se répéta ces paroles à plusieurs reprises, mais cette consolante pensée ne pénétra pas dans son cœur gonflé de tristesse.

Arrivée à la maison, elle se jeta en pleurant dans les bras de sa mère, et, d'une voix entrecoupée de sanglots, lui raconta sa triste visite à la chaumière.

— Ah! maman, quel malheur de mourir au moment où les beaux jours reviennent!

— Ne dis pas cela, chère enfant. Ne plaignons pas ceux qui quittent ce monde pour une vie meilleure. La mère de Louise est à plaindre, mais non pas Louise.

— Oh! je sais bien que sa vie était triste, et qu'en mourant elle ne pouvait rien regretter, excepté sa mère et sa petite sœur. Mais cette pensée ne fait qu'augmenter mon chagrin. Pourquoi n'est-elle venue au monde que pour vivre dans la misère et les privations, puis pour souffrir d'une longue et cruelle maladie, et mourir à treize ans? Comment se fait-il qu'il y ait tant de jouissances pour les uns, tant de douleurs pour les autres? Je pense à Hortense; quelle différence entre son sort et celui de Louise, qui était pourtant bien meilleure qu'elle ! Tout cela semble bien injuste.

— Tu as raison, dit sa mère; mais ces injustices qui blessent ton cœur ne viennent pas de Dieu. J'ai l'espérance et la foi qu'elles cesseront un jour, que les hommes arriveront à s'aimer et à s'entr'aider comme des frères. En attendant, rassurons-nous par la pensée de cet amour divin qui, veillant toujours sur nous, sait consoler ceux qui pleurent et donner du repos à ceux qui sont las. Disons-nous encore que souvent cette grande inégalité n'est qu'à la surface, car c'est en nous-mêmes qu'existe la véritable source de notre bonheur. Louise était une bonne, aimable et laborieuse enfant. Je suis tenté de croire que dans la vie obscure qu'elle menait, aimant et cherchant toujours à être utile, Louise était au fond, malgré ses privations et ses souffrances, plus heureuse que Mlle Durand au milieu du luxe et des plaisirs. Et crois-tu, Marie, que ses belles fleurs de serre chaude causent souvent à Hortense une joie aussi vive que celle que tu as éprouvée hier à la vue d'une modeste pâquerette?

— Non, maman, je ne le crois pas. Sais-tu ? en voyant son mépris pour cette chère petite fleur, j'ai pensé qu'il était presque dommage pour elle d'être constamment entourée de si belles choses. Cela fait qu'elle peut bien moins comprendre et sentir les plaisirs simples, et qu'elle voit à peine les beautés dont tout le monde peut jouir. Oh ! c'est vrai, maman ; Hortense serait bien plus heureuse si elle pouvait apprendre à aimer les pâquerettes.

V

Plus d'une année s'est écoulée. Nous retrouvons Marie et sa mère, non plus dans leur pauvre logement si triste que le soleil même ne semblait le visiter qu'à regret, mais dans une modeste et gentille maison, au milieu d'un jardin situé à peu de distance de la ville et bordé, du côté de la route, d'une haie verte et touffue.

Leur espoir avait été réalisé ; la prospérité ne les rendait pas égoïstes; au contraire, elles s'efforçaient de faire partager leur bonheur à tout le monde. Lorsqu'un enfant s'arrêtait devant la haie et se haussait sur la pointe des pieds pour admirer ce jardin si vert et si fleuri, il était rare qu'il ne s'éloignât pas muni d'un bouquet ou d'un beau fruit ; et souvent le voyageur fatigué était invité à se reposer sous le berceau couvert de roses et de jasmins qui, à défaut de marquise, ornait la porte de la maison.

Par une belle soirée d'été, Marie était seule dans le coin favori qu'elle appelait *son* jardin, où croissaient certaines fleurs qu'elle aimait particulièrement. Assise sur un banc de bois adossé au tronc d'un sycomore, elle pensait aux devoirs et aux plaisirs du jour qui finissait et à ceux qui l'attendaient le lendemain, lorsqu'elle entendit s'ouvrir et se refermer la porte du jardin. Marie se leva pour voir qui entrait, et fut surprise en apercevant une jeune fille vêtue de deuil et que d'abord elle ne reconnut pas. En s'approchant de la visiteuse, sa surprise augmenta : c'était Hortense !

Hortense, mais changée, triste, pâle, et toute seule, elle

qui ne sortait presque jamais qu'en voiture, et n'aurait pas traversé la rue sans être accompagnée. Les deux jeunes filles ne s'étaient pas vues depuis la visite que j'ai racontée ; il y avait plusieurs mois que M. Durand et sa famille étaient absents, et les Valmont n'en avaient eu aucune nouvelle.

Marie embrassa affectueusement Hortense, qui, jadis si fière et si insouciante, pencha sa tête sur l'épaule de Marie et fondit en larmes.

Elles allèrent s'asseoir sur le banc, et bientôt Hortense, calmée par la tendre sympathie de sa compagne, raconta en peu de mots une bien triste histoire. Son père était ruiné, avait perdu toute sa fortune dans l'espace d'une année ; sa mère, incapable de supporter ce cruel revers, était morte à Paris ; M. Durand était revenu avec sa fille à D..., pour procéder à la vente de sa maison, dont le prix, hélas ! suffisait à peine à désintéresser ses créanciers. Cette affaire terminée, il était décidé à partir pour l'Amérique, espérant y regagner, à force de travail, une partie de ce qu'il avait perdu.

Marie écouta ce récit avec un douloureux étonnement :

— Et toi, pauvre Hortense, ton père ne va-t-il pas t'emmener en Amérique ?

— Oh ! je suis bien malheureuse ! Mon père ne veut pas m'emmener. Il croit que j'aurais trop à souffrir, et que je le gênerais ; mais moi, combien j'aimerais mieux l'accompagner ! Nous n'avons pas de proches parents, et il faudra que je demeure chez des gens qui ne m'aiment pas, qui reprochent à papa ce qu'ils appellent son extravagance ; et, j'en suis sûre, ils me feront subir toutes sortes d'humiliations. Que nos sorts sont changés ! reprit-elle, après un silence de quelques instants. C'est toi qui es heureuse à présent. N'est-ce pas que c'est bon d'être riche?

— Nous ne sommes pas riches, répondit Marie. Nous avons ce qu'il faut pour vivre ; mais chez nous il n'y a pas de luxe, et nous n'en désirons pas.

— Au moins vous êtes agréablement logées, vous n'avez plus besoin de travailler, et vous pouvez jouir de quelques plaisirs : voir du monde, aller de temps en temps au bal, au spectacle.

— Non. Autrefois, tu sais, nous n'avions pas de connaissances, nous n'avons pas cherché à en faire. Maman pense que je suis trop jeune pour aller dans le monde, et je suis tout à fait de son avis.

— Que fais-tu donc ?

— Je travaille.

— Pas toujours, j'espère.

— Ne me plains pas, dit Marie en souriant. Le travail et les distractions ne font qu'un pour moi.

— Et tu n'as point d'amies ? Pas du tout de société ?

— Si fait. D'abord j'ai maman, qui prend part à tout ce que je fais. Et puis — tu vas rire, — j'en ai une autre ; une petite amie que j'aime beaucoup.

— Et que tu vois souvent ?

— Elle est toujours ici.

— Où donc ?

— La voilà.

Et Marie indiqua une touffe de pâquerettes qui s'épanouissaient dans la plate-bande à côté du banc.

— Que veux-tu dire ?

— Te rappelles-tu une pâquerette que j'avais, la dernière fois que je suis allée te voir ?

— Oui, répondit Hortense en soupirant.

— Eh bien, voici le pied où je l'avais cueillie.

— Tu plaisantes. Celle-là était une petite pâquerette des champs, parfaitement ordinaire ; celles-ci sont bien plus grandes et presque doubles.

— C'est pourtant la même plante. Je l'ai mise dans une bonne terre, je l'ai soignée, et tu vois comme elle devient belle.

— Et c'est pour cela que tu l'appelles une amie?

— Je m'y suis attachée encore plus en la soignant, mais je l'ai soignée parce que je l'aimais déjà. Je puis vraiment l'appeler mon amie, car depuis que je la connais, cette petite fleur m'a constamment fait du bien. Elle m'a consolée quand j'étais triste, et maintenant elle m'encourage. En la voyant si embellie par mes soins, j'ai senti l'envie de me cultiver aussi, de mieux travailler. — Je t'assure que cette pensée m'a réussi, et puis, je suis arrivée à faire un peu de bien, et c'est toujours la pâquerette qui m'en a donné l'idée.

— Comment donc ?

— Je connais une charmante petite fille qui avait une sœur dont je te raconterai l'histoire un jour ; une petite paysanne, et j'ai pensé à la cultiver comme je cultive une pâquerette. Nini ne demandait pas mieux, elle est pleine de bonne volonté ; son intelligence s'éveille ! Je lui apprends à coudre, et je couds pour elle ; je lui ai fait une robe presque sans l'aide de maman. Tous les jours je m'occupe d'elle et elle m'aime bien...

Marie s'arrêta brusquement, voyant qu'Hortense pleurait.

— Qu'as-tu ? dit-elle, consternée. Ais-je pu te faire de la peine?...

— Oh ! Marie, dit Hortense d'une voix étouffée, combien tu es plus heureuse que je n'ai jamais su l'être ! Si je t'avais connue plus tôt ! Mais je l'avoue, je te dédaignais comme je me figurais que mes fleurs dédaignaient ta pâquerette. J'en suis punie, maintenant, car je n'ai pas un bon souvenir, pas une consolation, et que vais-je devenir !

Marie mit ses bras autour d'Hortense. En ce moment Madame Valmont s'approcha des deux jeunes filles.

— Mes chères enfants, dit-elle, s'asseyant auprès d'Hortense, et lui prenant affectueusement la main, j'ai entendu votre conversation et je n'ai pas voulu la troubler. Maintenant je viens te demander, Hortense, si tu crois que ton père consentirait à te laisser avec nous pendant son absence ?

— Madame, que dites-vous ? s'écria Hortense, surprise. Papa peut rester des années en Amérique.

— Espérons, mon enfant, que la séparation ne sera pas si longue. Mais quelle que soit sa durée, si les choses s'arrangent comme je le désire, pendant ce temps-là j'aurai deux filles, et Marie, j'en suis sûre, ne sera pas fâchée d'avoir une sœur.

— Je le crois bien ! dit Marie joyeusement, en embrassant tour à tour sa mère et Hortense. — Pourvu que ton père y consente ! Nous serons si heureuses ensemble !

Quant à Hortense, touchée jusqu'au fond du cœur par cette affectueuse bonté, elle ne put que murmurer quelques paroles entrecoupées par des sanglots.

Marie et sa mère reconduisirent Hortense auprès de son père qui, changé par les chagrins, se montra très ému et accepta avec une profonde reconnaissance l'offre de madame Valmont, de se charger de sa fille. Il fut décidé qu'Hortense irait s'installer le soir même dans sa nouvelle demeure.

En entrant dans la blanche et paisible chambre qu'elle devait partager avec son amie, la pauvre enfant sentit qu'une meilleure existence allait commencer pour elle.

— Mon rêve d'autrefois est à moitié réalisé, dit Marie. Il ne nous manque que Louise, mais nous savons qu'elle est heureuse, et peut-être en ce moment elle nous voit et nous sourit.

L'ÉCOLE BUISSONNIÈRE

L'ÉCOLE BUISSONNIÈRE

I

— Allons, Lucien, allons, mon garçon ; voici l'heure ; il faut partir pour l'école.

Lucien tressaillit en entendant la voix de sa mère, et levant les yeux, il la regarda comme s'il eût eu de la peine à comprendre ce qu'elle disait. Assis sur un tabouret bas, dans le coin de sa petite chambre, il lisait avec une profonde attention. Sa mère jeta un regard sur le livre ouvert sur les genoux de son fils : c'était l'histoire de Robinson Crusoé.

— Comment ! tu te mets à lire des contes dès le matin ! Tu ferais mieux, je crois, de repasser tes leçons. Mais voyons, dépêche-toi ! Je viens de voir passer Georges et Paul, et c'est une honte que ceux qui demeurent le plus loin, soient si souvent arrivés à l'école avant toi.

Lucien étouffa un soupir et se leva. Il ferma le précieux volume, le posa soigneusement sur une petite planche de sapin qu'il avait lui-même fixée contre le mur de sa chambre, prit des mains de sa mère le panier contenant son goûter, reçut son baiser et partit.

En traversant la cour, il rencontra une petite fille dont les parents habitaient la même maison et avec laquelle il jouait souvent. Berthe aimait beaucoup Lucien, doux et complaisant pour elle, et qui préférait souvent sa société à celle de ses camarades d'école, quoiqu'il fût son aîné de près de quatre ans. Aussi, en l'apercevant, elle poussa un petit cri de joie et courut l'embrasser.

— Je t'attendais, méchant! tu n'es pas descendu au jardin ce matin.

— C'est vrai, Berthe; j'étais occupé à lire. On m'a prêté un livre si intéressant!

— Eh bien, viens maintenant un moment. J'ai quelque chose à te montrer.

— Quoi donc?

— C'est là-bas, au fond du jardin, dans le rosier touffu qui croît le long du mur. Le plus joli petit nid! Viens le voir.

— Je ne peux pas maintenant; vois-tu, je suis déjà en retard. Ce soir nous le regarderons ensemble. Il ne faut pas y toucher, tu sais? Adieu, Berthe.

— Au revoir, Lucien. Ce soir tu me diras la belle histoire que tu as lue.

Lucien embrassa sa petite amie et s'éloigna. Un instant après il avait franchi le seuil de la maison et se trouvait dans la rue. Cette rue, habituellement calme comme celles de tant de villes de province, offrait en ce moment un aspect d'activité. C'était le jour du marché; la grande place, au fond de laquelle s'élevait l'église cachée derrière une double rangée de marronniers, était couverte de marchands et d'acheteurs. On voyait de tous côtés d'énormes tas de légumes et de fruits, des paniers de volailles, d'œufs, de beurre et de fromages; les voitures et les charrettes menaçaient des enfants étourdis que leurs mères arrachaient au péril en les grondant; les fermiers, réunis par groupes, causaient de leurs affaires et des nouvelles du jour; les ménagères allaient et venaient, chargées de leurs paniers de provisions; les chiens aboyaient, les marchands ambulants remplissaient l'air de leurs cris. Un ardent soleil de juillet illuminait cette scène; il n'était que huit heures, et déjà la fraîcheur de la matinée était passée.

Lucien poursuivit son chemin aussi posément que possible au milieu de cette foule, ne s'arrêtant nulle part, et ne se détournant que juste autant qu'il le fallait pour éviter les obstacles qui s'opposaient à sa marche. En effet, les boutiques de pains d'épices, et le joueur d'orgue qui s'efforçait de faire danser de misérables chiens affublés de loques, n'attirèrent seulement pas son attention, et même le bouquiniste montrait en vain son étalage, car ce jour-là Lucien n'avait qu'un désir, désir de grand air, de silence et de liberté.

Enfin il arriva en vue de l'école. C'était une grande maison carrée, en briques rouges, et le soleil donnait en plein sur les fenêtres de la classe. Lucien poussa un soupir et s'arrêta. Pendant quelques instants il suivit des yeux, presque avec envie, les hirondelles qui volaient librement dans l'air, tournant et se croisant en tous sens; puis ses regards s'en allèrent errer sur les coteaux boisés qui bornaient l'horizon, et il murmura tout bas :

Oh ! si j'avais des ailes, que je m'envolerais vite dans ces bois tranquilles !

Il fut tout à coup arraché à sa rêverie par une main qui le tapait assez rudement dans le dos; en même temps qu'une voix connue, celle d'un camarade lui demandait :

— Que fais-tu là ? Pourquoi n'entres-tu pas à l'école ?

Une résolution subite s'empara de Lucien.

— Je n'irai pas à l'école aujourd'hui, répondit-il tranquillement.

— Comment ! Tu n'iras pas à l'école ! Et que feras-tu ?

— Je vais aller me promener.

— Te promener ! Toi, tu vas faire l'école buissonnière ! Mais, au fait, tu n'as pas tort. Ecoute, si tu veux, nous irons ensemble. Allons dans les bois dénicher des oiseaux.

— Je ne veux pas dénicher d'oiseaux.

— Eh bien, allons pêcher. Je connais un fameux endroit ! Seulement il faut avoir soin d'être rentrés à cinq heures, afin qu'on ne sache pas...

— Merci, Jules. Aujourd'hui j'ai envie de me promener seul. Va de ton côté, si tu veux, ou va à l'école, cela vaudrait mieux. Mais je te prie de me rendre un service : c'est d'entrer ce soir, en passant, dire à ma mère ce que j'ai fait, parce que, si j'étais un peu en retard, elle serait inquiète.

Lucien s'éloigna. Jules le suivit quelques instants d'un regard étonné, puis se dirigea lentement vers l'école en murmurant :

— On dirait qu'il va s'amuser exprès pour se faire punir !

II

Suivons Lucien qui s'enfonça bientôt dans un joli chemin bordé de chaque côté par des haies d'aubépine. Vous le blâmez bien fort, n'est-ce pas ? Oh ! le paresseux ! Comment ! sa mère le croit à l'école, et il va flâner toute la journée dans la campagne !

C'était la première fois que cela lui arrivait. Docile, raisonnable, il s'efforçait de contenter ses parents et le maître d'école, quoique, je l'avoue, il fût souvent tenté de négliger ses leçons de grammaire et d'arithmétique pour un récit de voyages ou d'histoire naturelle. A l'époque dont je parle, il avait douze ans environ, une figure aimable et de grands yeux bruns pleins d'intelligence.

A mesure qu'il marchait, son pas devenait plus rapide et plus léger, son teint s'animait. Les bruits de la ville n'arrivaient plus à son oreille ; l'air pur et frais, malgré l'ardeur du soleil, la vue des arbres, le gazouillement des oiseaux, la délicieuse odeur du foin qui séchait dans les prairies, tout cela remplit son cœur d'un sentiment de bonheur et de reconnaissance, et lorsque, arrivé à l'extrémité du chemin, il se trouva sur un coteau d'où le regard embrassait un vaste et riche paysage, il fut si heureux de se sentir libre qu'il bondit sur le gazon en poussant des exclamations de joie.

Au pied du coteau s'étendait une belle vallée, tapissée de verdure et arrosée par une petite rivière. Là se trouvaient l'ombre, le silence, que Lucien souhaitait tant. Il se rappelait un certain recoin, formé par un brusque détour de la rivière, en face d'une jolie petite île ; endroit charmant qu'il n'avait visité qu'une fois et où il s'était promis de retourner seul.

Le chemin était un peu long ; il fallut traverser plusieurs champs et marcher quelque temps le long d'une route poudreuse, mais Lucien oublia sa fatigue en s'arrêtant enfin au bord de la rivière.

Ayant très chaud, après sa longue course, il s'étendit sur l'herbe au pied d'un arbre et resta parfaitement tranquille jusqu'à ce que la sueur qui collait les cheveux à son front se fût séchée peu à peu. Alors, s'étant déchaussé, il descendit le talus et trempa ses pieds dans l'eau pure et transparente.

En regardant l'île qui se trouvait en face de lui, Lucien remarqua que la rivière était beaucoup moins profonde

Il prit ses chaussures d'une main, son panier de l'autre.

et paraissait moins large que lorsqu'il l'avait vue précédemment. Lors de sa dernière promenade, le printemps commençait à peine, et les cours d'eau étaient grossis par les pluies ou la fonte des neiges ; maintenant c'était autre chose : depuis longtemps il faisait très sec, et la chaleur du soleil évaporait tous les jours une grande quantité d'eau. Lucien vit avec joie qu'il lui serait facile de traverser à gué le petit bras qui le séparait de l'île.

Il retroussa donc son pantalon au-dessus des genoux,

prit ses chaussures d'une main et son panier de l'autre, et marchant avec précaution sur les cailloux arrondis, entremêlés de longues herbes, qui couvraient le lit de la rivière, il eut bientôt accompli son entreprise.

Cette île était charmante. Plusieurs beaux arbres y donnaient de l'ombre, et des touffes d'arbrisseaux et de buissons formaient un petit bois. Le sol était couvert de gazon, sauf à une extrémité où la rive descendant en pente douce se trouvait habituellement au-dessous du niveau de l'eau ; ici, au lieu d'herbe ou de mousse, il y avait du sable fin.

Après avoir parcouru l'île dans tous les sens, Lucien fit choix d'une place pour s'y asseoir ; c'était du côté opposé à celui où il avait abordé. Un épais massif de buisson l'abritait par derrière, et l'eau coulait avec un doux murmure à ses pieds, étincelant sous les rayons du soleil et bouillonnant autour de grosses pierres. La rive opposée était couverte d'arbres et si escarpée, qu'on ne voyait rien au delà.

Le voilà réalisé, le rêve de notre écolier ; il est bien seul. Aucun être vivant ne lui apparut, si ce n'est les insectes qui bourdonnent dans l'air et les poissons qui vont et viennent dans l'eau limpide. Les oiseaux se taisent ; ils se reposent, cachés sous le feuillage.

— Quel dommage ! se dit Lucien, de n'avoir pas Robinson. J'aurais été si bien ici pour lire !

Comme il n'avait pas son cher livre, il se contenta d'y penser, et médita longtemps sur les moyens qu'il emploierait, si jamais il se trouvait dans la situation de Robinson.

— Voici mon île, se dit-il, en regardant autour de lui. Supposons que je ne puisse pas la quitter.

Rempli de cette pensée, il se leva et parcourut de nouveau son domaine.

— Ici, avec des branches d'arbres je me construirais une cabane, et en arrachant quelques buissons je trouverais la place d'un jardin que je planterais de légumes et de fruits. Derrière ma maison j'aurais une basse-cour, des poules, des canards, des lapins et un bon gros chien. Et des chèvres aussi, comme Robinson ; et si je pouvais avoir un perroquet !

Lucien, charmé de ces idées, finit par croire presque à la possibilité de les réaliser. Il marqua, par des baguettes enfoncées en terre, l'emplacement de sa cabane et les limites de son jardin. Mais lorsqu'il se mit à réfléchir sérieusement à l'exécution de son projet, il y reconnut des difficultés plus insurmontables que celles qui éprouvèrent le courage et la patience de Robinson Crusoé.

D'abord, pour couper des branches, il faudrait une hache.

Ensuite... Cette île, il le savait bien, appartenait à quelqu'un. Pour en devenir le monarque, il faudrait commencer par l'acheter.

— Quand je serai un homme, se dit-il, je voyagerai, et finirai bien par trouver une île inconnue et inhabitée.

Et, sentant la faim, il retourna s'asseoir à la place qu'il avait choisie, et attaqua avec satisfaction le goûter substantiel dont sa mère avait garni son panier. Un beau croûton de pain, une tranche de viande froide, un morceau de fromage et une grosse poignée de belles cerises ; voilà de quoi se restaurer, sans compter une petite bouteille de café étendu d'eau, bien préférable au vin pour se rafraîchir.

— Comme elle est bonne, ma mère ! se dit-il. Avec quel soin elle prépare mon goûter tous les matins ! Et moi, pour la récompenser, au lieu d'aller à l'école et de travailler ferme, comme je le devrais, je ne songe qu'à m'amuser.

III

Il oublia de manger et resta quelque temps plongé dans une rêverie un peu triste, regardant, sans y penser, les insectes qui couraient sur les brins d'herbe. Enfin, son attention se fixa sur une fourmi qui traînait un morceau de bois beaucoup plus gros qu'elle. Lucien regarda avec admiration cette petite créature montrant tant d'énergie et de persévérance. Le terrain qu'elle parcourait était fort inégal et il lui fallait souvent retourner sur ses pas ou faire des détours considérables pour éviter des obstacles infranchissables. Un moment, son fardeau se trouva pris entre deux grains de sable formant monticules ; elle tira, sans pouvoir le dégager. Lucien eût pu lui prêter main-forte, mais il avait trop envie de voir si la bestiole saurait se tirer d'affaire. D'abord, elle courut de côté et d'autre comme pour chercher un aide, mais n'en trouvant pas, elle revint à sa poutre, — c'était vraiment une poutre pour elle, — et la tirant en arrière, la fit tourner à demi, de façon qu'elle présentât moins de surface et passât sans difficulté entre les monticules.

— Tout le monde travaille, même les insectes, pensa Lucien ; et il eut honte de sa paresse.

— Et cependant, songea-t-il, tout en émiettant les restes de son pain et les jetant à la ronde, dans l'espoir d'attirer les oiseaux, j'ai bien envie d'être utile. Que je serais heureux de pouvoir imiter un jour ces grands hommes qui ont passé leur vie à travailler, et qui ont fait tant d'inventions, tant de découvertes; ces hommes dont les noms ne seront jamais oubliés ! Mais je ne pourrai point leur ressembler, car s'ils sont devenus si glorieux, c'est qu'ils avaient du génie, et je crois que je n'en ai point.

Lucien se demanda lequel, de tous les personnages remarquables dont il avait lu l'histoire, il eût voulu être. Il savait que la plupart avaient recueilli l'injustice et l'ingratitude en récompense de leurs bienfaits, que presque tous avaient été malheureux; malgré cela, leur sort lui semblait bien plus enviable que celui des gens qui mènent une vie paisible mais obscure.

— Oh ! se dit-il avec enthousiasme, le bonheur d'avoir appris, d'avoir trouvé ce que personne avant eux n'avait su ; la certitude d'être utiles au monde entier, la joie de laisser un souvenir, destiné à grandir toujours, cela devait les consoler de tout !

L'enfant appuya son front sur ses mains, ferma les yeux, et resta tranquille pendant longtemps, repassant dans son esprit les récits qu'il avait lus, et répétant tout bas les beaux noms vénérés.

Cependant, la journée s'avançait ; la terre, qui tourne sur elle-même avec une vitesse de près de sept lieues par minute, avait fait beaucoup de chemin depuis le matin.

Les arbres sous lesquels Lucien s'était mis à l'ombre n'interceptaient plus les rayons du soleil qui frappaient en plein son visage. Il se leva et s'approcha de la rivière, s'amusa à regarder les poissons et à suivre des yeux les mouvements des petites bêtes qui trouvent dans l'eau la nourriture. Tout à coup il aperçut un carabe qui s'était laissé choir dans l'onde et faisait de vains efforts pour s'en tirer. Il eut pitié de l'insecte, lui tendit une feuille en guise de bateau, puis, le ramenant avec précaution, le posa sur l'herbe. C'était plaisir de voir le carabe, une fois tiré de péril, se sauver à toutes pattes et courir se cacher dans un trou.

— C'est vrai, se dit le petit penseur; on éprouve de la satisfaction à rendre service, même à un insecte. Combien doit-on être heureux de faire du bien aux hommes! Robinson Crusoé n'avait pas ce bonheur ; il travaillait, mais c'était pour lui seul, n'ayant personne à aimer, à protéger. Après tout, c'est triste de vivre seul !

Il s'arrêta; en ce moment, un souvenir lui causait un vif chagrin. Le matin même, passant sur la route, il avait rencontré un vieillard qui demandait l'aumône. Lucien n'avait pas d'argent, c'est vrai ; mais dans un autre moment il n'eût pas hésité à offrir au malheureux une partie de son déjeuner. Ce jour là, il se l'avouait avec honte, une pensée égoïste l'en avait empêché : la pensée que pendant sa longue promenade tout son pain lui serait nécessaire. Oh ! mes amis, pardonnez-lui, car il eut un profond regret d'avoir manqué cette occasion de faire un peu de bien, et le souvenir du faible et tremblant vieillard lui remplit les yeux de larmes.

— Ceci est une journée perdue, murmura-t-il. Je croyais que j'allais être très heureux et je ne le suis pas.

Il ramassa sa bouteille vide. Lorsqu'il ouvrit son panier pour l'y mettre, ses yeux tombèrent sur une feuille de papier couverte d'un devoir quelconque griffonné et raturé. Il la chiffonna avec un geste d'impatience et la jeta dans la rivière.

— J'aurais tout de même été plus content si j'avais bien travaillé aujourd'hui, pensa-t-il cependant, en la voyant suivre le fil de l'eau.

Le soir approchait. Les rayons de soleil, venant obliquement à travers le feuillage, ne faisaient plus scintiller les eaux limpides ; une brise légère, délicieuse après la chaleur de la journée, bruissait doucement dans les feuilles des peupliers. Cette brise du soir, si pure, si fraîche, si harmonieuse, est comme une voix qui parle au cœur. Peut-être exerça-t-elle sur Lucien une influence salutaire, peut-être, en soufflant sur son front, rendit-elle ses pensées plus sérieuses et meilleures. Il releva la tête, ses traits avaient une expression de bonheur et de résolution.

— J'ai été ingrat, se dit-il. Combien de nobles enfants dont j'ai lu l'histoire se seraient réjouis d'avoir les avantages dont je profite si mal ! Tout ce qu'on me fait apprendre est utile, je le sais. Pour être un navigateur comme Christophe Colomb, un astronome comme Newton, un mécanicien comme Watt, ne faut-il pas commencer par étudier la géographie, le calcul, la mécanique? Et plus que cela ; il faut apprendre à travailler, à persévérer, à vaincre les difficultés, à se vaincre soi-même. Je veux me vaincre, plus de paresse ! se dit-il tout haut. Je ferai mes devoirs parce que je dois les faire, et j'y trouverai du bonheur !

Impatient d'exécuter ses bonnes résolutions, Lucien se déchaussa pour retraverser la rivière. Puis, ayant jeté sur l'île charmante un regard d'adieu, il reprit d'un pas rapide le chemin de la ville.

IV

Il ne put cependant s'empêcher de s'arrêter quelques instants sur la colline, où le matin il était arrivé si joyeux, à la pensée de passer la journée seul et libre : son cœur était encore plein de douces pensées, mais qui ne ressemblaient plus à celle-là.

Le soleil se couchait derrière les coteaux éloignés ; à peine eut-il disparu que tout le ciel, du côté de l'occident, se colora des plus riches teintes d'or et de pourpre, qui s'effacèrent peu à peu. Et alors, pendant que le jour baissait, et que les objets lointains devenaient de moins en moins distincts, l'étoile du soir, la belle planète Vénus, se montra comme une lampe d'argent au-dessus de la ligne noire des forêts qui bornaient l'horizon. C'était beau, c'était calme. Mais le son d'une horloge, vibrant à travers le silence, rappela à Lucien qu'il devait se hâter. Il descendit en courant le joli chemin vert, raffermit sa résolution pour le lendemain en passant devant la maison d'école, maintenant close et silencieuse, et suivit la rue presque déserte, jusqu'à la maison de son père.

Lucien entra timidement dans la salle où le couvert était mis pour le repas du soir. Sa mère, en le voyant, fit un mouvement de joie ; mais avant qu'il pût courir l'embrasser, son air devint si sérieux que l'enfant, attristé, s'arrêta et balbutia :

— Maman, je t'en prie, pardonne-moi !

— Vous voilà donc enfin, dit le père. Où avez-vous été ?

— Père, j'ai été me promener ; j'ai passé la journée tout

seul sur le bord de la rivière. Je sais que j'ai eu tort, et je vous assure que cela ne m'arrivera plus.

— Je l'espère bien, dit son père. Mais pour en être plus sûr, et pour que tu saches bien que celui qui ne remplit pas ses devoirs n'a pas le droit de jouir, tu te contenteras d'un morceau de pain sec pour ton souper, et tu iras le manger seul dans ta chambre.

Lucien ne protesta pas, prit son morceau de pain, puis s'approcha de sa mère pour l'embrasser.

La mère avait grande envie de le serrer dans ses bras, mais trouvant juste la sévérité du père, elle rendit simplement le baiser de son fils.

— Bonsoir, mon enfant. Réfléchis à la triste manière dont tu as passé cette journée, et sois plus raisonnable à l'avenir.

Lucien monta dans sa petite chambre, le cœur gros. Il s'affligeait des reproches de ses parents ; mais sa résolution était bien prise de ne jamais en mériter de pareils. Avant de manger, il serra dans son tiroir le volume de Robinson, et arrangea ses cahiers pour travailler le lendemain matin. Cette occupation fut interrompue par une voix douce qui appelait :

— Lucien !

Il s'approcha de la fenêtre ouverte et vit dans la cour sa petite amie Berthe.

— Lucien, je viens te dire bonsoir. Tu ne pleures pas ? tu n'as pas de chagrin ? demanda-t-elle avec anxiété.

— Non, Berthe. Demain matin je descendrai au jardin de bonne heure, tu me montreras le nid d'oiseaux, et je te raconterai beaucoup de choses, va ! Bonsoir.

— Attends ! Trouve un morceau de ficelle et jettes-en un

bout pour que j'y attache mon petit panier. Il y a dedans un bon gâteau et des fraises.

— Tu es gentille, Berthe ; tu veux me donner ton souper. Mais non, vois-tu, je ne pourrais pas le prendre, même si je consentais à t'en priver, puisque mon père veut que je soupe de pain sec. Tu comprends, n'est-ce pas ? Ce serait le tromper. Bonsoir, ma Berthe chérie, à demain.

La petite fille lui envoya un baiser et s'éloigna. Lucien s'assit près de la fenêtre et mangea tranquillement son pain en regardant le beau ciel étoilé. Une demi-heure après, couché dans son petit lit, il dormait d'un paisible sommeil.

Ce fut là la première et la dernière fois que Lucien fit l'école buissonnière ; mais souvent il profita d'un jour de congé pour visiter encore la jolie île où lui étaient venues tant de bonnes et utiles pensées.

PLAISIRS PROMIS

PLAISIRS PROMIS

I

L'ATTENTE.

Est-il rien de plus beau qu'une belle matinée au commencement de juin ? Tout est si frais, si brillant, si joyeux ! Honte à celui qui, pouvant jouir de l'air pur, des arbres et du soleil, reste paresseusement au lit, et perd, en sommeillant, la plus belle partie de la journée.

Pareil reproche ne peut s'adresser à Charles Darcy, gentil petit garçon de neuf ans, que je vous présente comme le héros de cette histoire. Réveillé avec le jour, il a fait sa toilette depuis longtemps, et quoique l'horloge de l'église voisine n'ait pas encore sonné six heures, il s'ennuie déjà et trouve la matinée bien longue. C'est assez vous dire que Charles, tout matinal qu'il est, ne s'est pas levé pour jouir du matin. Impatient, tourmenté, il va et vient dans la maison et le jardin, sans occupation et sans but. C'est dommage qu'il soit armé d'une petite badine, car, dans son désœuvrement, il frappe à chaque instant sur les fleurs qui s'épanouissent à ses côtés, et plus d'une tige est cassée. Ce n'est pourtant pas l'habitude de Charles de détruire follement ; il aime beaucoup les fleurs, et apprend avec plaisir à les soigner et à les cultiver. Mais, ce matin, il n'est pas disposé à s'occuper ; il voudrait qu'il fût dix heures, et, dans l'agitation de cette attente, rien de ce qui l'entoure ne lui offre le moindre intérêt.

Et il y a tant de choses qui pourraient le distraire! Arrête-toi donc, Charles, arrête-toi pour admirer le splendide papillon qui vient de se poser sur une touffe de réséda, presque à tes pieds. Tu n'en as jamais vu de si beau ; ses ailes sont fermées à présent ; approche avec précaution et tu les verras s'ouvrir. Charles n'essaiera pas ; il aperçoit l'insecte, mais sans le remarquer. Voilà le papillon reparti, et l'enfant le suit des yeux avec indifférence.

Oui : mais, Charles, voici quelque chose qui t'intéressera davantage. Souviens-toi, tu passes auprès du rosier où, avant-hier, tu as découvert, à ta grande joie, un petit nid d'oiseau à moitié construit. Hausse-toi sur la pointe des pieds et regarde, tu seras content. Le nid est fini et ce matin même, un joli petit œuf y a été déposé. Ah! bah ! il ne tourne seulement pas la tête du côté du rosier; il a entièrement oublié ce qui, dans un autre moment, lui a fait tant de plaisir. Et le voilà courant au-devant de la bonne, qui sort de la maison et un seau à la main se dirige vers la fontaine.

— Annette, crie-t-il, quel heure est-il ?

C'est qu'à dix heures Charles attend l'accomplissement d'une promesse faite il y a plus de huit jours, promesse d'un plaisir si grand que nous concevons son impatience. Son oncle Louis, le frère de sa mère, doit venir ce jour-là, à dix heures, en cabriolet, chercher son petit neveu et l'emmener (pour la première fois cette année) dans sa belle ferme, d'où Charles ne reviendra que le lendemain. Cette ferme est à plus de quatre lieues de distance, c'est tout à fait un voyage ; mais le grand cheval bai va bien, et en deux heures au plus, on sera arrivé. D'ailleurs, l'oncle Louis cause si gaîment, il explique tant de choses

Annette, quelle heure est-il ?

curieuses et raconte des histoires si amusantes, que la route semblerait vraiment trop courte, s'il n'y avait pas tant de plaisirs au bout.

Au bout il y a la ferme. Charles se rappelle bien le joli chemin vert qui y conduit. Quel joyeux vacarme quand la grande porte s'ouvrira, criant sur ses gonds massifs !

Charles entend d'avance les aboiements des deux chiens et les cris de joie de ses trois cousins. Quel plaisir de courir avec eux à travers le verger jusqu'à la maison, où l'attendra sa bonne tante Lucie et la chère grand'mère, si heureuse de se voir entourée de tous ses petits-enfants ! Et puis la basse-cour, et l'immense jardin, et les vastes granges où l'on joue si bien à cache-cache, et l'étang sur lequel on ira se promener en bateau, et le petit poney au trot si doux, que Charles, quoiqu'il soit loin d'être un hardi cavalier, se sent à l'aise sur son dos ! Et mille autres plaisirs. Oh ! que le temps marche lentement ce matin !

Il y a peut-être des personnes qui trouvent qu'il marche trop vite : celles, par exemple, qui sont en retard pour un travail pressé, ou qui redoutent le moment d'une cruelle séparation. Mais quoi qu'en pensent et les uns et les autres, le temps poursuit sa marche régulière que rien ne peut accélérer ni retarder, et huit heures sonnent enfin : c'est l'heure du déjeuner.

II

DOUBLE DÉCEPTION.

Charles entra dans la salle à manger, et, après avoir embrassé sa mère, s'assit, avec un soupir de fatigue, devant le bol de lait fumant qui composait son déjeuner.

— Mon pauvre enfant, dit sa mère, tu t'es levé trop matin ; tu seras épuisé avant que la journée ne commence.

— Oh ! maman, je me suis réveillé quand il faisait à peine jour ; je ne pouvais plus rester dans mon lit.

— Si au moins tu avais pu t'occuper tranquillement, au lieu de rester constamment sur pieds. Qu'as-tu fait ce matin ?

— Rien, maman ; je ne fais que penser au moment où mon oncle viendra me chercher, où je monterai en voiture. Que je serai content !

— Tu n'as toujours pas oublié de donner à manger à tes lapins ?

— Oh si! s'écria Charles. Mais permets-moi d'y courir tout de suite. Et il quitta sans hésitation son propre déjeuner, pour aller servir ses pauvres petits lapins, qui, le nez fourré à traver les barreaux de leur cage, attendaient impatiemment leur repas habituel.

— C'est bien, lui dit sa mère lorsqu'il revint. Voyons maintenant si tu n'as pas d'autres devoirs à remplir. C'est dommage que tu aies mis en te levant ton pantalon blanc et ta veste neuve ; il y a tant de choses à faire dans le jardin.

— Oui, je sais bien ; mais je ne peux pas travailler quand j'attends.

— Tu ne finis pas ton lait ?

— Non, maman, je n'ai pas faim. Oh ! vois-tu, s'écria-t-il en se tournant vers la pendule, il n'est que huit heures et demie. Encore une heure et demie à attendre !

Madame Darcy soupira.

— Je sympathise bien avec toi, Charles, dit-elle ; car moi aussi j'attends dix heures avec impatience. C'est à cette heure-là que nous voyons tous les jours passer le facteur, et quelque chose me dit qu'aujourd'hui il m'apportera une lettre.

— Une lettre de papa ? Oh! que je le voudrais ! Il y a bien longtemps qu'il ne t'a écrit, n'est-ce pas ?

— Bien longtemps. Voici cinq mois qu'il est parti et depuis plus de trois semaines je n'ai pas reçu de ses nouvelles. C'est aujourd'hui ma fête, qu'il n'oublie jamais, et je crois qu'il n'aura pas voulu la laisser passer sans que je reçoive une lettre qui me tranquillise et me fasse espérer son retour.

— Eh bien, maman, allons regarder par la fenêtre.

— Pas encore. Songe, nous avons une heure et demie à attendre ; c'est un temps trop long pour le passer à la fenêtre.

Et madame Darcy, prenant son ouvrage, s'assit résolument sur un canapé, à l'autre bout de la chambre, et se mit à travailler. Charles montra de la bonne volonté, et, ouvrant un livre, s'efforça de lire, mais avec peu de succès; ses pensées refusèrent de se fixer sur la page, et chaque fois que le bruit d'une voiture se fit entendre, il ne put s'empêcher de se lever et de courir à la fenêtre.

Enfin, dix heures sonnèrent. Depuis plusieurs minutes déjà, madame Darcy, jetant son ouvrage de côté, était venue se placer auprès de son fils. Mais le facteur était en retard ce jour-là, et quant à l'oncle Louis, chevaux et voitures de toutes sortes passèrent dans la rue, et le cabriolet bien connu ne parut point.

— Oh ! maman, dit Charles d'une voix triste, comme mon oncle se fait attendre ! Nous arriverons horriblement tard à la ferme. Tiens ! mais voilà un cabriolet ! N'est-ce pas le sien ?

Madame Darcy secoua la tête.

Le cabriolet s'arrêta, mais à la maison en face, et un gros homme en descendit qui ne ressemblait pas du tout à l'oncle Louis. Presque au même instant un coup de sonnette retentit

— Une lettre ! Il a une lettre ! dit madame Darcy, s'efforçant de vaincre son agitation. Cours la chercher.

Elle resta toute tremblante, espérant, mais pas assez sûre pour se livrer encore à la joie. Charles se précipita dans l'escalier, et revint aussitôt tenant une lettre à la main.

Au premier coup d'œil que madame Darcy jeta sur l'adresse, la joie qui brillait dans ses yeux s'évanouit :

— Non, mon ami, dit-elle doucement ; ce n'est pas de papa. Je reconnais l'écriture de ton oncle.

Pauvre mère ! pauvre Charles ! Voici les quelques lignes que madame Darcy lut à son fils :

« Ma bonne sœur,

« Une affaire pressante et tout à fait imprévue m'appelle à Paris; je pars ce soir, et ne sais pas combien de jours je serai absent. Au milieu des ennuis de ce départ précipité, je n'oublie pas la promesse que j'ai faite à mon cher neveu, et je suis désolé de la déception qu'il éprouvera, que nous éprouvons tous, car nous nous serions bien amusés ensemble. Enfin ! plaisir différé n'est pas perdu, et à mon retour j'espère que nous nous dédommagerons amplement de cette déception. Tout le monde vous envoie mille baisers.

« A bientôt.

« Louis. »

Oh ! oui, ce fut une déception pour le pauvre Charles. Ce plaisir si grand sur lequel il comptait depuis si longtemps, se le voir arracher au moment où il croyait le goûter, c'était trop. Il se jeta dans les bras de sa mère et fondit en larmes. Madame Darcy pleura aussi ; quoiqu'elle partageât tendrement le chagrin de son fils, ses larmes n'étaient pas pour lui. A elle aussi, la visite du facteur avait apporté une cruelle déception.

III

NOUVEAU DÉSAPPOINTEMENT.

Cependant, lorsque Charles releva vers sa mère ses yeux humides et lui montra sa pauvre figure toute rouge et bouffie par les larmes, elle s'efforça d'oublier sa propre inquiétude pour consoler son fils :

— Songe donc, cher enfant, le plaisir est seulement remis. Au retour de ton oncle, dans huit jours peut-être, tous ces beaux projets se réaliseront.

Mais la perspective était trop lointaine et trop effacée par le mot *peut-être* pour sembler bien brillante à Charles.

— Maman, s'écria-t-il en pleurant de nouveau, quelle malheureuse journée je vais passer, moi qui comptais être si heureux !

— Charles, dit sa mère sérieusement, je souffre de ta peine, mais je souffre encore plus de te voir si peu courageux. Si tu te désoles ainsi pour une contrariété, quelle force auras-tu plus tard pour supporter de vrais grands chagrins ?

L'enfant fut frappé de la voix douce et triste de sa mère.

— Pauvre petite mère ! dit-il en l'embrassant, que je voudrais que papa t'écrivît ! Mais il reviendra bientôt, n'est-ce pas ?

— Je l'espère, répondit sa mère en lui rendant sa caresse.

— Oh, mon Charles! sois bien bon, bien raisonnable, afin de m'aider à supporter patiemment le temps si long et si incertain de son absence.

— Je t'aime, maman, dit Charles, souriant à travers ses larmes à peine séchées. Me voilà consolé, va! Je suis content d'être avec toi.

— Ecoute, dit madame Darcy, après un instant de réflexion, si tu veux, nous irons faire une longue promenade, il fait si beau! Ton petit panier servira à emporter notre goûter et à rapporter des fleurs, et nous irons jusqu'à ce charmant petit bois où, au commencement du printemps, nous avons trouvé tant d'anémones et de primevères.

— Oh! maman, cela serait bien gentil! Je trouverai peut-être des fraises déjà mûres. Et puis, maman, tu viendras jusqu'à la petite rivière qui est tout près? Je voudrais voir si le nouveau pont est construit.

Il courut gaiement chercher son panier, et les préparatifs du goûter étaient presque faits, lorsque la sonnette retentit de nouveau. Charles se pencha à la fenêtre. Peut-être avait-il une vague idée que ce pouvait, après tout, être son oncle, dérangé dans ses projets de voyage.

— Maman, c'est la petite bonne de madame Fernet. Annette lui a ouvert, et je l'entends qui te demande.

Madame Fernet était une vieille dame, une très ancienne amie qui avait donné à madame Darcy mille preuves d'affection et de bonté, alors que la mère de Charles n'était encore qu'une enfant.

— Pouvez-vous venir, Madame? demanda la petite bonne tout essoufflée, aussitôt qu'elle aperçut madame Darcy. Ma pauvre maîtresse est bien malade. Cela l'a prise tout à coup, il n'y a pas plus d'une heure. Elle voudrait bien vous voir, Madame.

— J'y vais à l'instant, répondit madame Darcy, mettant son chapeau à la hâte. Mon pauvre Charles, je reviendrai bientôt, sans doute. Tâche de t'occuper, et ne sois pas triste.

Et, l'ayant embrassé tendrement, elle partit.

IV

LE POMMIER.

Pauvre Charles, encore une déception !

Le voilà seul à présent ; comment pourrait-il ne pas être triste? Que faire? Que feriez-vous, gentil petit garçon et bonne petite fille qui lisez cette histoire, que feriez-vous en pareil cas? Je suis sûre que si cela était possible, vous aimeriez à être auprès de Charles pour essayer de le consoler et de le distraire. Et vous réussiriez facilement, car il est naturellement sociable et gai. Mais Charles est tout seul, et après avoir vu disparaître sa mère à l'angle de la rue, il quitte la fenêtre et se jette sur le canapé, en se disant tout haut :

— Oh! j'avais raison! Cette journée est tout à fait malheureuse!

Cependant, quoique seul, il s'efforce de retenir ses larmes et au bout de quelque temps, il songe aux dernières paroles de sa mère et veut lui obéir en tâchant de s'occuper. Mais à quoi? Jouer tout seul, c'est triste; étudier? mais c'est un jour de congé; lire? il ne lui semble pas que rien puisse l'intéresser. Il y a pourtant une chose qu'il aimerait bien faire et dont l'idée lui vient en feuilletant un album de gravures qui est bien à lui : ce serait amusant de colorier ces images, s'il avait seulement des couleurs. Voilà donc un bon emploi de ses économies, d'une petite somme de six francs, qu'il tire maintenant de sa bourse et étale sur la table afin d'être bien sûr qu'il n'y manque rien. Une boîte de couleurs! Mais, malheureusement, il ne peut pas l'avoir maintenant. Pour acheter cela, il faudrait aller loin. Charles ne sait même pas bien où se trouve le magasin. Annette n'est pas libre aujourd'hui; les manches et la robe retroussées, et entourée d'un vaste tablier de toile, elle fait un grand nettoyage; et puis, maman n'aimerait pas que Charles fît une emplette si importante sans la consulter.

Allons, Charles, encore une leçon de patience! Il met l'album de côté, et à pas lents descend l'escalier et se dirige vers son jardin. C'est une bonne idée, car dans ce petit coin de terre qu'il cultive lui-même et a su rendre si joli, il peut trouver plus de ressources contre l'ennui que partout ailleurs. Dans un jardin, si bien tenu qu'il soit, il y a toujours quelque chose à faire, et maintenant que Charles n'est plus tourmenté par la fièvre de l'attente, il peut s'occuper avec calme de ses plantes chéries.

La gloire de son jardin est un petit pommier, tout jeune encore, mais beau et vigoureux, et qui porte une vingtaine de pommes qui seront magnifiques quand elles seront mûres. Charles les compte tous les jours avec soin, il craint toujours que le vent n'en fasse tomber. Ce sera une si grande joie de les cueillir et de les porter à sa mère, qui les recevra avec d'autant plus de plaisir que dans le reste du jardin il ne se trouve pas un seul pommier. Cette agréable pensée sourit à Charles, même au milieu de ses chagrins ; il regarde son arbre avec affection, et cherche parmi ses feuilles s'il ne s'est pas caché quelque colimaçon, quelque chenille gloutonne.

Soudain, — qu'arrive-t-il donc ? Le pommier est violemment secoué et les précieux fruits pleuvent autour de l'infortuné jardinier. Au même instant un gros et lourd bâton vient tomber à quelques pas.

La cause de ce désastre est facile à deviner. Le jardin de Charles est séparé, par un mur assez bas, d'une rue déserte ou plutôt d'une ruelle qui conduit dans les champs. Un passant dans cette ruelle est l'auteur du méfait. Charles s'élance au mur, y grimpe assez haut pour regarder pardessus, et voit un garçon de douze ans qui s'éloigne tranquillement en sifflant.

— Ah ! c'est toi, Pierre ! crie-t-il d'une voix étouffée par l'émotion. Oh ! tu me paieras le mal que tu m'as fait.

Pierre tourne un instant la tête, puis se sauve en courant, quoique, à la vérité, il n'ait rien à craindre du pauvre enfant qui le regarde du haut du mur.

Oh ! quelle journée ! quelle journée !

V

UNE INVITATION.

Complètement découragé par ce dernier événement, Charles quitta le jardin et revint dans le salon, où il se mit à la fenêtre, dans l'espoir de voir revenir sa mère. Il était alors près de trois heures.

Voici une nombreuse troupe de promeneurs qui se dirigent du côté de la campagne. Comme ils ont l'air gai! Un monsieur et deux dames forment le centre de la bande,

Pierre retourna un instant la tête.

et autour d'eux sautillent, babillent et rient une dizaine d'enfants, portant des filets à papillons, de petits paniers, et différents jouets, tels que balles, raquettes et cordes à sauter.

Tiens ! Mais parmi ce groupe, Charles voit des figures qui lui sont familières. L'une des dames est madame Gerdier, une connaissance de sa mère ; ce petit garçon qui porte un si beau cerf-volant et cette gentille petite fille qui tient par la main la plus jeune de ses compagnes et paraît la soigner en petite maman, ce sont ses enfants. Au moment de passer devant la maison, ils aperçoivent Charles à la fenêtre et s'arrêtent pour lui dire bonjour.

Notre pauvre ami descend et ouvre la porte pour leur donner une poignée de main. Si Marcel et Renée étaient seuls, ils entreraient, peut-être, et passeraient une heure avec lui, ce qui serait une consolation, mais ils sont avec trop de monde, et puis ils vont se promener.

— Mon petit Charles, lui dit madame Gerdier, en apprenant qu'il est tout seul, si tu venais avec nous ?... Nous avons le projet d'aller un peu loin, mais en revenant tu dîneras chez moi et je te ferai ramener dans la soirée.

— Viens donc, Charles ! insistent Marcel et Renée. Nous allons bien nous amuser.

— Tu m'aideras à faire voler mon cerf-volant, ajoute Marcel.

— Je le voudrais bien, répond Charles, mais maman n'est pas ici... Je ne puis pas le lui demander.

— Je suis persuadée qu'elle ne refuserait pas, dit madame Gerdier. Vous direz à madame Darcy, poursuit-elle, en s'adressant à Annette, que son fils est en bonnes mains. Dites-lui aussi qu'elle nous ferait le plus grand plaisir en venant elle-même ce soir. Nous comptons passer une bonne soirée entre amis.

Charles est bien tenté ; tous les enfants, enchantés

d'avoir un camarade de plus, l'entourent et le supplient d'accepter l'invitation.

— Allez donc, Monsieur Charles, dit Annette ; ça vous fera oublier vos chagrins de ce matin, et Madame voudra bien dîner seule pour une fois.

Mais la pensée de sa mère, rentrant et ne le trouvant pas, l'attriste. Le dernier mot d'Annette met fin à son indécision.

— Non, dit-il, je vous remercie beaucoup ; cela ennuierait maman de dîner sans moi. Je ne peux pas.

Toutes les instances furent inutiles..

La porte se referma ; Charles ne voulut même pas suivre des yeux les heureux promeneurs. Il ne regrettait pas son refus, car son cœur lui disait qu'il avait eu raison, mais ce nouvel incident ne l'avait certes pas égayé.

Et le temps se passait lentement, lentement ; quatre heures sonnèrent, puis quatre heures et demie, et sa mère ne revenait pas.

VI

LA VENGEANCE.

— Monsieur Charles, dit Annette, ouvrant la porte du salon où le pauvre enfant avait fini par s'assoupir, la tête appuyée sur la table, j'ai une course à faire avant le dîner ; voulez-vous venir avec moi ? Il faut que j'aille chez la mère Rustique chercher un fromage à la crème que je lui ai commandé.

Charles accepta ; ils s'engagèrent dans la ruelle qui longeait le mur du jardin ; chemin faisant, Charles regarda en soupirant le haut de son pommier qui dépassait le mur et avait sans doute servi de point de mire au méchant lanceur de bâtons.

Au bout de quelques centaines de pas, le chemin s'élargissait et devenait si joli que Charles était content d'être sorti. Bordé d'arbres et côtoyant de belles prairies, ce chemin conduisait à un petit hameau composé de maisons de paysans. Auprès de celle de la mère Rustique était une chaumière assez misérable, que le petit garçon regarda avec une sorte d'anxiété. C'était là que demeurait Pierre, dont le père, pauvre homme, n'avait souvent pas de meilleure occupation que de casser les pierres sur les chemins. La porte de la chaumière était ouverte; le petit garçon et sa bonne entendirent une voix plaintive et grondeuse et un bruit de pleurs et de sanglots.

— Tiens, dit Annette, qu'est-ce qu'il y a donc?

— Ne nous arrêtons pas, dit Charles en tirant la robe de sa bonne. La mère de Pierre le gronde ; je n'ai pas envie de le voir.

— Au contraire, s'écria Annette, il faudrait le voir, pour le faire gronder davantage et punir. Ah ! sa mère saura ce qu'il a fait ! C'est un méchant garçon qui joue de mauvais tours à tout le monde.

Et Annette, sans vouloir rien écouter, s'approcha résolument de la chaumière. Mais avant qu'elle l'eût atteinte, Pierre sortit, pleurant de tout son cœur et suivi de sa mère qui demeura sur le seuil, s'essuyant les yeux avec le coin de son tablier.

Charles, voyant le chagrin de Pierre, se sentit tout ému ; au fond du cœur il lui avait déjà presque pardonné.

— Annette, dit-il à voix basse, ne parlez pas de mes pommes.

— Bonjour, Madame Legros, dit Annette. Votre garçon vous tourmente, je vois ça.

— C'est-à-dire, répondit la pauvre femme, qu'il me fera mourir de chagrin, s'il continue. N'est-il pas assez grand pour se bien conduire ? Et c'est qu'il n'est pas bête, au moins ; il n'en est donc que plus coupable. Il faut que je vous dise ce qu'il a fait aujourd'hui ; son pauvre père n'en sait rien encore. Il y a un brave homme de menuisier que nous connaissons, le père Copin, qui laissait Pierre aller chez lui, et manier les outils, et enfin, voyant que le garçon avait assez d'idée, il a offert de lui apprendre son état. Vous voyez quelle chance pour lui, s'il avait seulement l'esprit et le cœur d'en profiter !

— Mais je travaille bien, dit Pierre en sanglotant.

— Ah ! je ne dis pas, si ce n'étaient tes éternelles malices et tes grosses étourderies. Je t'ai toujours dit que le père Copin finirait par te mettre à la porte. Enfin, c'est fait ; et qu'est ce que tu vas devenir ?

Le petit Charles écoutait avec un intérêt croissant.

— Aujourd'hui, poursuivit madame Legros, le père Copin charge Pierre de porter en ville un ouvrage terminé. Il le porte et reçoit le prix : cinq francs. Eh bien, que fait-il ? Au lieu de revenir tranquillement, ne faut-il pas qu'il coure par les chemins, à droite et à gauche, tourmentant les enfants et les bêtes qu'il rencontre !...

— Et jetant de gros bâtons dans les jardins pour abattre les fruits, interrompit Annette qui ne pouvait plus se contenir.

— Enfin, il a perdu la pièce de cinq francs et le

père Copin déclare qu'il ne veut plus s'occuper de lui. Oh ! quand son père saura cela !

— Allons-nous-en, monsieur Charles, dit Annette en soupirant, car elle compatissait au chagrin de Pierre et surtout à celui de sa mère. Mais, au lieu d'obéir immédiatement à l'appel de la bonne, Charles s'approcha de Pierre et lui dit à voix basse :

— Si vous rendez les cinq francs au menuisier, croyez-vous qu'il vous reprendra ? Vous lui promettrez d'être bien sage à l'avenir...

Pierre leva la tête et regarda Charles avec étonnement. Ce n'était pas au fond un mauvais garçon, bien qu'il fît parfois de véritables méchancetés. Le chagrin de sa mère lui causait une peine vive, et pour la première fois, il était vraiment honteux de ses folies. Mais quand il vit venir à lui le petit Charles qui, non seulement lui pardonnait, mais lui rendait le bien pour le mal, il fut profondément touché, et, dès cette heure, se fit en lui un changement qui donnera souvent occasion à sa mère de bénir, avec des larmes de reconnaissance, le souvenir du généreux petit Charles.

Cependant, comme il n'était pas parfaitement sûr que la restitution des cinq francs dût suffire pour obtenir le pardon du menuisier, Charles voulut accomplir sa bonne œuvre jusqu'à la fin. La complaisante Annette consentit à accompagner les deux enfants chez le père Copin, et Charles plaida si bien la cause de Pierre, que celui-ci rentra en grâce.

VII

OU TOUT FINIT BIEN.

La longue journée d'été touche à sa fin, et Charles et sa mère sont de nouveau réunis.

Mme Darcy n'était rentrée que très tard, et en voyant combien sa mère chérie était pâle et abattue, après les heures pénibles passées au chevet de son amie mourante, Charles s'était félicité de tout son cœur de n'avoir pas accepté l'invitation de Mme Gerdier.

Après le dîner, l'idée lui vint de tirer la causeuse, près de la fenêtre ouverte, afin que sa mère, tout en reposant, pût jouir de l'air frais du soir.

— Eh bien, cher enfant, lui demanda-t-elle, dis-moi ce que tu as fait pendant ma longue absence. Pauvre Charles, tu as passé une triste journée. Et pourtant, continua-t-elle en le regardant attentivement, je vois que tu as trouvé le secret de ne pas t'ennuyer. Tes yeux sourient.

Charles raconta simplement ce qui lui était arrivé. Quand il eut fini, sa mère le prit dans ses bras et le serra longtemps sur son cœur sans parler.

— Mon bien-aimé, dit-elle enfin, n'oublie pas cette journée. Tu ne l'oublieras pas, car tu as su y puiser une belle et utile leçon.

— Une leçon, maman ?

— Mais oui. Tu as appris le moyen d'être heureux. Jamais, je crois, tu n'as eu en un seul jour autant de chagrins, de contrariétés, de déceptions, et pourtant tu n'es pas triste ce soir, n'est-ce pas ?

— Non, maman ; je ne pense plus à mes chagrins. C'est si bon d'être ici avec toi !

— Oui, mon enfant, cela te semble bien bon, parce que tu es heureux d'un vrai bonheur, celui d'avoir rempli ton devoir, d'avoir fait du bien à ton prochain. Mon chéri, puisses-tu le garder toujours au fond de ton cœur, ce bonheur qu'aucune puissance humaine ne peut ôter. Il te soutiendra et te consolera dans les plus cruelles épreuves, et sans lui, crois-moi, tous les plaisirs du monde n'ont aucun prix.

Charles écouta avec un doux et sérieux contentement. Sa main dans la main de sa mère, les yeux fixés sur les siens, il prêta attentivement l'oreille pendant qu'elle lui racontait des histoires intéressantes de personnes qui avaient tout sacrifié, qui avaient enduré mille souffrances et accueilli la mort avec courage, plutôt que de perdre l'inappréciable trésor d'une conscience pure. Le cœur de l'enfant battait fort à ces récits, et il sentait en lui la force d'imiter ces nobles martyrs.

Peu à peu la nuit descendit calme et douce, et les premières étoiles brillèrent au ciel.

Tout à coup, Mme Darcy se lève, écoute, puis, avec un cri étouffé, s'élance à la fenêtre. Dans le silence de la nuit a retenti sur le pavé un pas qu'elle reconnaît. Quelqu'un s'arrête à la porte de la maison ; la sonnette retentit. Oh ! mon Dieu, est-ce possible ! Oui ! L'étranger, — ah ! ce n'en est pas un ! — a levé vers la fenêtre des traits bien-aimés ; sa voix s'est fait entendre. O bonheur ! bonheur !

Oh ! Charles, quel bonheur que tu ne sois pas allé chez ton oncle ! Voici ton père !

LES PETITS SAVOYARDS

LES PETIST SAVOYARDS

Quand le froid hiver est venu, quand la bise glaciale a secoué les dernières feuilles des arbres, quand la neige couvre la campagne d'une immense nappe blanche : plus de jeux sous les grands marronniers, plus de courses joyeuses dans les champs et les prairies, plus d'oiseaux, plus de fleurs.

Mais malgré cela, enfants, que de plaisirs ! car chaque saison vous offre des joies nouvelles, petits heureux !

L'hiver amène le jour de l'an et les étrennes, les fêtes et les festins. Son aspect même ne vous semble pas trop triste, et la neige qui s'amoncelle dans les rues, le vent qui fait tourbillonner les feuilles, la glace sur laquelle on glisse et patine, sont des sujets de distraction.

Chers enfants, au milieu de toutes vos joies, donnez-vous quelquefois une pensée aux petits infortunés qui, dans cette saison rigoureuse, grelottent sous les misérables vêtements qui les couvrent à peine ?

. . . .

Par une froide soirée du mois de janvier, deux petits garçons cheminaient tristement sur la grand'route.

C'était l'heure où l'on ferme les rideaux, où la lampe s'allume, où la flamme pétille plus gaiement dans le foyer ; l'heure où votre père, mettant de côté les occupations sérieuses, se mêle à vos jeux, où votre mère chante avec vous les rondes que vous aimez.

Le temps était sombre ; pas une étoile ne brillait à travers les épais nuages, on ne distinguait presque plus les

Les pauvres enfants se traînaient péniblement.

formes bizarres des arbres dépouillés qui bordaient le chemin.

Partout la neige. On n'entendait aucun bruit, sauf, de temps en temps, une rafale qui faisait craquer les branches desséchées.

Les pauvres enfants, épuisés de fatigue, engourdis par le froid, se traînaient péniblement.

— Frère, dit le plus petit, dont les dents claquaient, je ne peux plus marcher. Laisse-moi me reposer.

— Encore un peu de courage, répond l'aîné. Vois-tu là-bas une lumière? Bien sûr, nous approchons d'un village.

Le petit s'efforça de faire quelques pas, puis s'arrêta de nouveau :

— André, je n'aperçois plus la lumière;... je ne vois rien à travers l'obscurité. La tête me tourne. Laisse-moi me reposer.

— Oh, mon Dieu ! s'écrie André en pleurant, que cette route est longue! On m'avait assuré qu'il n'y avait pas plus d'une lieue jusqu'au premier village ; j'ai cru que nous la ferions bien ; mais c'est le froid qui engourdit nos jambes. Et puis la faim! Oh! s'il me restait encore une pauvre croûte pour Luc!

Luc ne se plaignait plus ; il s'était laissé tombé sur le bord du chemin. Son frère essaya de le relever et de le décider à marcher ; mais, n'y pouvant réussir, il s'assit à ses côtés et, l'entourant de ses bras, s'efforça de ramener un peu de chaleur dans ses membres glacés.

— Qu'il fait froid! murmurait-il tout bas. Que nous avons souffert aujourd'hui! Oui, Luc a raison, nous devons nous reposer, car demain il faut que nous allions jusqu'à Paris... c'est encore bien loin. Une fois là, nous serons sauvés... Nous pourrons gagner notre vie..., le cousin Pierre l'a dit.

Le petit Luc fit entendre quelques plaintes, son frère se pencha sur lui, et prenant ses mains crispées, s'efforça de les réchauffer de son haleine.

— Pauvre Luc, continua-t-il d'une voix plus faible, tu

es bien petit pour faire un si grand voyage. Mais je ne pouvais te laisser au pays... plus de mère... plus personne.

Au bout de quelques instants, André se souleva et fit un effort pour secouer l'engourdissement qui pesait sur ses membres et le sommeil qui, malgré lui, fermait ses paupières.

— Tiens, pensa-t-il, c'est vrai ce que disait Luc. Comme le brouillard devient épais!... Je ne vois plus la lumière...

Puis tout à coup lui vint, comme un éclair, la pensée du danger qu'ils couraient, son frère et lui.

— Luc! Luc! il faut du courage!... il faut marcher... le froid nous fera mourir!

Mais ce fut en vain qu'il approcha ses lèvres de l'oreille de l'enfant, qu'il le secoua, qu'il alla jusqu'à lui mordre les doigts. Impossible de le réveiller.

Alors l'idée vint à André de courir seul au village qui devait être voisin, pour y chercher du secours. Hélas! lorsqu'il entreprit de se lever, ses jambes refusèrent de s'étendre, de le soutenir; il ne put que se traîner à quelques pas sur les mains et les genoux.

Il appela.

Mais sa faible voix s'éteignit dans le silence de la nuit et nulle voix ne répondit.

Il revint, toujours rampant, auprès de son frère, se coucha à son côté, l'entoura de nouveau de ses bras, et ne lutta plus contre le sommeil.

Peu à peu tout sentiment d'inquiétude et d'angoisse s'éteignit; André ne sentait plus la faim qui lui tordait les entrailles ni le froid qui gagnait jusqu'à son cœur; il ne craignait plus rien pour lui ni pour son petit frère.

Il lui sembla qu'ils n'étaient plus seuls, un pâle et doux

visage se penchait sur eux, le visage de sa mère telle qu'il l'avait vue lorsque, étendue sur son lit de mort, elle lui avait donné son dernier baiser.

Puis, dans son rêve, André crut voir les nuages s'entr'ouvrir, et une blanche et pure lumière descendue sur la figure de sa mère qui devint resplendissante.

Elle prit ses deux enfants dans ses bras, et s'élevant dans l'air, traversa les vallées, les rivières, les plaines, et arriva au pays de Savoie où elle se posa avec ses deux fils au sommet d'une montagne.

Alors André revit la chaumière paternelle et le petit jardin qu'il cultivait jadis, et les chèvres bondissant sur les rochers, et les torrents se précipitant dans leur lit d'écume.

Il se tourna vers sa mère qui lui souriait ainsi qu'au petit Luc.

— Mère, dit-il, restons ici.

— Non, mon enfant. Ici nous souffririons encore, et nos souffrances sont finies. Plus loin ! plus loin !

Aussitôt André sentit ses pieds quitter le sol. Il lui sembla devenir plus léger qu'un oiseau. Tous trois s'élevaient encore, mais cette fois pour monter bien plus haut, si haut, qu'ils se trouvèrent au milieu des étoiles, scintillant autour d'eux comme des boules de flamme.

Puis une délicieuse musique se fit entendre ; on ne pouvait dire d'où elle venait, car elle semblait venir de partout. Peu à peu ces doux sons s'affaiblirent..... enfin, ils cessèrent tout à fait

. . . .

Le lendemain matin, un laboureur passant par là trouva les deux petits savoyards couchés sur le chemin, se tenant étroitement embrassés et à demi couverts de neige.

Ils étaient morts.

Chers enfants, au milieu de votre bonheur et de vos plaisirs, pensez quelquefois à vos pauvres petits frères abandonnés qui souffrent du froid et de la faim.

Le soir, quand votre mère se penche sur vous pour vous embrasser dans votre bon petit lit chaud, souvenez-vous d'eux.

TABLE DES MATIÈRES

TABLE DES GRAVURES

POITIERS. — TYPOGRAPHIE OUDIN ET Cie.

www.ingramcontent.com/pod-product-compliance
Ingram Content Group UK Ltd.
Pitfield, Milton Keynes, MK11 3LW, UK
UKHW031856260826
14628UKWH00002B/801

9 782019 296407